CW01496422

Primera edición, marzo de 2023
Segunda edición, marzo de 2023

© Greta García, 2023
c/o Indent Literary Agency
www.indentagency.com

© de esta edición, Editorial Tránsito, 2023

DISEÑO DE COLECCIÓN: © Donna Salama
DISEÑO DE CUBIERTA: © Donna Salama
FOTOGRAFÍA DE SOLAPA: © José Toro

IMPRESIÓN: KADMOS
Impreso en España – Printed in Spain

IBIC: FA
ISBN: 978-84-126039-2-7
DEPÓSITO LEGAL: M-30758-2022

www.editorialtransito.com

Síguenos en:

www.instagram.com/transitoeditorial
www.facebook.com/transitoeditorial
@transito_libros

SOLO QUERÍA BAILAR

greta garcía

A Dettan y Pichu

1. Suplé

Tener el poder de leer el pensamiento es agotador. Yo no lo tengo, pero con solo imaginar que alguien oye lo que a mí me retumba me canso. Me consume mi propio sistema. La mentalista que se tope conmigo muere. Escucha un microsegundo de to esta paranoia cansina y cortocircuita, catapum, al hoyo, por listilla, por ir leyendo la mente de las demás. Manolete pa qué te mete. Está claro que sufro de palabrerío grave y severo y sin remedio alguno. Tengo reúma mental. Mi dolencia es como la de la peña que tiene un pitío en el oído que no se va, que tienen a un bichito cabrón metío en la oreja que hace piiiiiiiiiiiiiiiiii. Quizá lo del pitío es peor. Mierda, ¿y si ahora por pensarlo lo tengo yo también pa siempre? Mierda mierda mierda, desde luego, qué fatiguita esta de tener la palabra mierda en mayúsculas como un turbante en los sesos. Si me rajaran el cráneo con un serrucho e hicieran el corte perfecto sobre mis ojos y orejas pa destaparme la chota, se comerían de lleno un letrero de puticlú mal iluminao en el que pone: mierda ano tonta hostia su puta madre y mongola. Que eso no está bien decir mongola porque hay gente de Mongolia y que no está bien decir que los mongolos son mongolos, pero es que lo que tú eres es una peazo mongola y una peazo mierda gorda. Ojalá fueran otras las palabras que completaran mi semántica, pero eso no se puede controlar, igual que el hecho de haber nacío. Me parieron y aquí estoy, con un cepillo dientes metío en el sieso, intentando no pensar. El que dijo pienso luego existo es un cabeza brótola, como dice la Amparo. Como Bartolo, que siempre me daba la chapa con que la idea de pensar es mentira, que no pensamos, que las voces que oímos no existen, que esa voz del yo, el yo, ese susurro pesao, no es más que una bola de recuerdos que el cerebro almacena como un disco duro y que por su cuenta remezcla como un diyei encocao en una rave infinita. El Bartolo es otro cabeza brótola, o peor todavía, un cabeza níspora, un cebolla, un tonto polla. Yo tengo el cerebelo que me va a estallar de palabras de mierda y no me queda otra opción que seguirles el rollito si no quiero que me dé el tic del ojo. Si la doctora fuese un poquito bruja y tuviese el poder de leer lo que esconde mi chope sin morirse de la sobredosis palabrística, ahora mismito, en este instante, se toparía con un palo por el culo guarra asquerosa cochina marrana mojino mojino clávame un pino. Desde luego, haría un pacto con el diablo por tener más repertorio, pero es que palo por el culo joé mierda salen sin querer. Y eso que me da tela de miedo, una estaca madera bien gorda que te va dejando astillas por el camino. No sé si es peor eso o una vara metal ardiendo o una cucaracha o un montón de cucarachas, esas se meten en cualquier sitio y les encanta la mierda, entran felices como quien se baña en la playa en agosto, las ratas también. Una rata en un ojete. Realmente hay muchas opciones de cosas que meter en un culo. Un pie, una barbi, un fajo billetes, to vale. Lo típico de una amiga que conoce a una enfermera que le ha contado de un tío que ha llegao con el mando la tele en el ano y no se lo puede sacar y se justifica diciendo que se ha sentao encima y se le ha metío sin querer. Oí en una entrevista a una madre hablando de su hijo, ella le vio los pantalones manchaos de sangre, le preguntó qué había pasao y el niño le dijo: Es que me sentao encima de una bici sin sillín, y ella le dijo: ¿Pero tú eres tonto o qué te pasa? Y le dio un guantazo, pero al niño de seis años lo había violao un cura. Yo solo me metío un cepillo dientes, na que ver con un cura, y el cepillo es de plástico y fino, mu fino, más fino que un deo. Pero me lo he metío demasiao y mi recto ha hecho el vacío como si fuera un paquete salchichas y no he podío sacarlo, no ha podío ni la Manuela, y he tenío que gritar socorro socorro y la Topo bizca pestosa me ha traío hasta la consulta y me duele un poco y la doctora Pina me está mirando y me encanta que me mire pero a la vez estoy un poco incómoda porque me duele y me estoy empezando a agobiar. Bastante.

La doctora levanta las cejas, espera mi sentencia:

—Me metío un sepillo diente por el culo y ara no me lo puedo sacá.

—¿Que te has metido un cepillo de dientes por el culo?

—Hí.

—Joder.

No me juzgues, doctora, dime tú qué hay mejor que hacer que meterse cosas por el culo en una habitación de la que no puedes salir. Yo creo que tú también lo harías, lo podríamos hacer juntas, yo a ti y tú a mí, varias veces, las que quieras. Está la opción de pegarse cabezazos contra la pared o arrancarse pelo o levantarse la piel mu despacito, pero eso no siempre apetece. Lo del cepillo era pa darme gustirrinín, un poco de gustirrinín.

—Ya, soy tonta.

—No digas eso.

—¿Entonse, qué soy?

—Una imprudente.

—Vale, pueh eso, soy una imprudente.

—A ver, bájate los pantalones y reclínate.

Pordió, ¿hace cuánto que nadie me pide eso? Bueno, cómo exagero, a veces nos lo piden, no, exigen, obligan, pa examinar si tenemos droga o quién sabe, un mensaje encriptao o una bomba mu pequeñita. Pero así, en este tono... Cómo dependen las palabras de un buen tono. El de la doctora Pina es un zumo melocotón frío en verano. Avemaríapurísima, mi clítoris ha pegao un calambrazo. ¿Y si recorre con su deo mi columna vertebral? Otro calambre. Mierda. Seguro que se está dando cuenta. A lo mejor ella quiere, a lo mejor esto le pone. Yo, así, con las bragas bajás, con pose de galgo, con un cepillo asomando por el culo como una coquina: esto es la fantasía de más de una persona. Y tengo un buen pandero, está lleno granos pero es un buen mojino, una nalga mía no cabe bien en una mano. Y no está blando. Por fuera sí, una capa que cubre el músculo sí. Pero lo de dentro, lo que es el músculo músculo, eso está duro. Eso es gustoso, me lo han dicho siempre. Siempre me han dicho: ¡Qué buen culo tieneh, Pili! Es lo único que me han podío piropear, no hay más cacho bueno en mí. Culo. Fin. Punto pelota. Está mu blanco, eso sí, da lástima de paliducho que está. Pero tengo una mancha nacimiento en forma murciélago que le da vidilla. ¿Y ella? ¿Tendrá granos como yo? Quizá tiene el culo lleno pelos. Con la bata es que no se ve na, por eso llevarán bata los médicos, pa esconder las curvas, como las monjas, como los magos, como Kin África. Pero tengo buen ojo pa los culos, intuyo que lo tiene tipo pera. Esos culos son mu agradables, relajaos, como una sonrisa después de follar. Como ella. Doctora, si me tocas donde me tienes que tocar, me corro entera. Venga, Pina, ¡vacíame como lah hibiah! No. No me puedo correr aquí. Ahora no. No no no joé coño sus muertos ya.

—Tienes que relajar el recto, Pili, estás muy tensa, respira, esto va a salir sin problema.

Me ha llamao Pili. Esto se está poniendo personal. Y se ha puesto guantes de látex y un kilo lubricante. Mae mía, esas manos entran donde quieren. Si me leyera el pensamiento. Si supiera. No. No quiero. Ahora mismo no quiero que me lea, se va a creer que además de cepillarme los dientes de un modo raro soy una depravá. Aunque no sé qué tiene de malo reconocerlo, soy guarra, estoy cachonda, ¿y qué pasa? ¿Se dará cuenta de que me chorrea el perineo?

13

Perineo, me encanta la palabra y me encanta el sitio. Se me quedó grabá cuando me diagnosticaron el papiloma viru y la cándida y algo más que ya no me acuerdo, que me dio to junto. Es vergonzoso que hasta que no me lo dijo el ginecólogo yo no me había mirao el perineo con un espejo, ni me sabía la palabra. ¡Y el perineo lo es todo! Sin perineo se cae to pa abajo. Una encoge el perineo y ya se mete el bajo vientre y tiene bien colocaíta la pelvis, y con la pelvis en su sitio y el coxis pa dentro se abre el diafragma y ya está una perfectamente colocá pa bailar fregar pasear comer o simplemente esperar a que pase algo. Pero qué vergüenza más horrorosa, que con lo flexible que soy podría haberlo analizao en cualquier momento. Yo, tan cristiana apostólica románica mongólica, ¿cómo me iba a mirar mi propio coño? Otros sí, pero ¿yo? ¿Cómo iba a hacer yo eso? Fatá. Es mu triste que hasta los dieciséis el perineo no tenía cara pa mí. La mierda de estas cosas es que te las puede pegar una persona y que no te salga el regalito hasta que te dé la bajona y ya no sabes quién te lo ha pegao y no le puedes dar las gracias, es un amigo invisible. Así, cuando tus defensas se van de vacaciones, el perineo dice: ¿Qué pasa, tía? Yo tenía verrugas y hongos con aspecto coral, presioso, remataban hasta mis labios interiores y exteriores con nuevos volúmenes y texturas que me tenían horas fasciná con el espejo en mano, mi coño era una puerta a otra dimensión. Aunque me alegré de no tener tantos picores me dio pena aniquilar mi nuevo adorno. Es injusto acabar con la vida de unos pocos hongos y virus cuando dejamos que sus hermanas bacterias correteen por nuestro cuerpo en libertá. A veces me visualizo así, como una bacteria enorme que simplemente ocupa espacio, como una ameba pesá que no aporta absolutamente nada. Cuando una asume lo que es, que no es más que una masa de microorganismos, pierde la noción de responsabilidá, de culpa, y le entra la risa floja. Antes puede ser que se deprima, como cuando el ginecólogo asomó entre mis piernas y apoyando su mano fría en mi rodilla afilá me dijo: Tieneh papiloma viruh. El hijo puta me pilló totalmente desprevenía. El ginecólogo y mi coño tienen el mismo pelo marrón rizaíto, y cuando asomaba entre mis piernas me imaginaba que a mi coño le salía una cara como la suya en chiquitito y que conversaban como dos perros de agua:

—Wuf wuf.

—Wuuff.

—Wuf wuf wuf wuf.

—¡Wuf!

—Grrr.

—Auauauauuuu.

Iba al Perro ginecólogo porque era al que iba mi madre, porque el anterior cogió sus bragas, las ondeó como una bandera y cantó: ¡Que viva Ehpaña! Y mi madre es patriótica pero no tanto, y por eso se decantó por un ginecólogo que ladra bajito. Yo fui a enseñarle mi coral y él me dijo que aquello podría haberse extendío y que si tenía verrugas en el cuello del útero podría ser jodío. Me preguntó cosas como a una niña pequeña y yo le contesté como una niña pequeña. Al salir me ofreció un caramelo y yo le cogí dos.

—Ya está. A la basura.

La papelera metálica chilla cuando presiona el pedal.

—¿Cómo? ¿Ya ehtá? ¿Así de fasi? ¿Ehtáh segura que no sabrá quedao dentro un troso? ¿Er cabesá o argo?

Está bonito conversar así, con el culo abierto.

—No, está enterito. Ala, toma, límpiate con esto y prométeme que no te meterás más cosas por el recto.

—Lo prometo.

Se lo digo con una sonrisa. Acaba de hacerme un favor y me ha encantao, se ha ganao la mentirijilla. Ella me devuelve el gesto. Doctora, ¿estamos hablando el mismo lenguaje? Me has visto el alma y pareces contenta. Y me has echao un abuso lubricante. ¿Ta gustao? ¿Te va el rollito gel? Mae mía, es alienígena la baba en el papel. La papelera chilla de nuevo.

—Pobresita, ehtá jarta.

—¿Cómo? ¿De quién hablas?

—La papelera, que ehtá fatá. Cucha.

Vuelvo a pisar.

—Se quiere i de aquí, suplica vacasioneh.

Se ríe. Me gusta que se ría, me encanta, tiene una risa que es gloria bendita. No como la mía, aunque yo hace ya mucho que no me río por na, por gracioso que sea. Pero yo antes, cuando me reía, me reía pa dentro y me ahogaba, era una risa de burra suicida. Nunca he disfrutao eso de los ataques de risa porque me daba miedo morirme así. Por eso detesto que me hagan cosquillas. Una cosquilla, una coz. Pero esta risa, la de la doctora, con esas aes, echando la cabeza patrás, esta no mata. Me encantaría hacerla reír un poco más, cuando empiezo me cuesta parar, pero la aburría de Topo ya me ha agarrao del brazo pa llevarme hasta mi celda mi casa mi habita mi keli mi cueva mi campo batalla.

2. Relevé

La llamo Topo porque no me queda otra. La hija puta cada día está más bizca. Pero no nos mira a los ojos porque no le da la gana, no porque sea bizca. Yo conozco gente así, que te mira de reojo con uno de los ojos y se nota. Cuando te miran con un ojo se nota. La Topo tampoco nos cuenta na personal. Algunas carceleras se relajan y te dan palique, te cuentan alguna movida política o se quejan de que el uniforme les da caló, porque es que vaya trajecito que me llevan, no tienen versión verano y es horrible, yo las entiendo. Pero la Topo ni mijita, ella es más de pegar que de hablar. Ella puede darte órdenes, llamarte por tu nombre, meterte un piñote y mirar pa Cuenca y pa Pekín al mismo tiempo.

—¿Qué pasa, Topo?

Un silencio total es la respuesta, como los de la Administración pública.

—Oye, me vase farta un sepillo dienteh nuevo.

Nada. Hoy está aburridísima. Qué tía.

—Entiendo que no hableh, pero... ¿Ni una miraíta?

Aquí viene. Topo se tensa, aguanta la respiración, sabe que se acerca la pregunta del millón:

—¿Eh porque ere bihca o eh que no tatreve?

Cierra mi celda con un conjuro y se aleja diciendo buenas noches. ¿Cómo? ¿Buenas noches? ¿No hay hostia? Vaya pordió, eso es que se está haciendo caca o algo y tiene prisa. Bueno, no está mal, el día ha sío canelita en rama. He estao unos quince minutos con la doctora, me ha llamao Pili, como a mí me gusta, y me ha sonreío. ¿Verdá? Me desea, sí, un poco, algo, seguro, y me ha visto el culo y las hemorroides, eso la ha puesto perra seguro. A ver qué me invento mañana. Lo de quedarse ciega repentinamente no cuela, comprobao, lo de quedarse sorda tampoco, es mi excusa favorita, pero no cuela, nunca. Quizás puedo decir que me duele el apéndice un montón. Un ataque de apendicitis. Eso te lo tienen que quitar del tirón. Si te vas a dar la vuelta al mundo en barco, te lo quitas antes de partir. Yo no lo necesito pa na, creo. Sí, está mu bien, al carajo el apéndice. Pina tendría que estar mu pendiente de mí y yo tendría tiempo de hacerle más chistes, entonces ella haría montones de jajajás y cogeríamos confianza, nos contaríamos secretos, me tendría que palpar a menudo pa saber si estoy bien, y en una de esas nos tocaríamos una mano sin querer, nos rozaríamos un poquito más queriendo, acercaríamos las narices sin saber bien dónde poner los ojos, se nos cortaría la respiración y nos besaríamos. Sí. Primero suave pero después to fuerte, y nos agarraríamos los cuellos y las caras como si tuviéramos miedo a que se perdieran pa siempre. Quién sabe. Sería bonito y yo necesito algo bonito. Pina Pina Pina. ¿Sabrá que se llama como la coreógrafa? ¿Sabrá quién es? A las coreógrafas y bailarinas no las conoce nadie, pero a esta por lo menos le hicieron una película que se puso en el cine al laíto de las comedias y los triler. La Pina la verdá que hacía de to, pero lo que más me impactaban a mí eran sus repeticiones. No es lo mismo caerte una vez que caerte cien veces seguías. Porque la repetición da como sorpresa al principio, pereza al rato, luego risa, después agobio, y al final liberación, y la gente por lo general se queda en chop. La pobre está ya bastante muerta, pero sigue teniendo un teatro con su nombre, se siguen bailando sus bailes por toas partes e incluso se dan becas con su nombre también. Lo que da dinero da dinero, eso es así. Pina Baus es ya una marca consagrá, como El Cortinglé, que no sé por qué se llama así si pa lo que vale es pa estar fresquita en verano, o Chupachú, que sí que tiene un nombre que se entiende. Esto se lo tengo que contar a la doctora, si no lo sabe va a flipar. Bueno, quizá mi Pina en verdá no se llama Pina y se llama Dolores y Pina es el apellido. Dolores Pina. Está guapo. Podría preguntarle, pero me da cosa a estas alturas, después de intimar tanto. Mejor no le pregunto na. Le cuento lo de la coreógrafa y ya está. Seguro que le gusta. Le puedo enseñar alguno de sus bailes. El que imito a la perfección es Café Muler. Una bailarina to canija se desplaza por una sala llena sillas con los ojos cerraos. Ella no se choca porque hay un hombre mu bien peinao que se las va apartando. Yo me chocaría, claro, pero eso a mi Pina seguro que le encanta, que es mu pava la Pina. Ay, Pina. ¿Qué hago pa estar contigo otro ratito? Solo necesito una excusa de nivel pa volver a su consulta. Ojalá fuera tan fácil como en el conservatorio, allí colaban toas. Nos inventábamos cualquier chorrá pa no ponernos las puntas. Cuando la profesora asomaba por la ventana con el cafelito en una mano y el cigarrito en la otra y nos hacía señas pa empezar la clase, nosotras obligábamos a la Susana a que se quitara las lentillas y las tirara al suelo. ¡Profe, no podemoh bailá, la Susana sa queao siega! Otras veces le deshacíamos el moño a la Tina, que tenía melena hasta el culo, y la profesora tardaba por lo menos diez minutos en volver a recogerle el pelo. También había veces que me pellizcaban las orejas hasta hacerme llorar y la profesora reñía al grupo y ganábamos unos quince minutos que nos obligaba a estar en silencio. A veces era mejor el dolor de las orejas que el de los pies. La putá de mis pies es que tengo los deos mu largos, parecen los deos de una mano pequeña. Recuerdo mis primeras puntas, las más anhelás de la historia, con las que por fin me convertiría en bailarina de verdá y giraría y volaría como las bailarinas de verdá. Fui a comprarlas con mi madre, y mi madre, como buena madre, se aseguró de comprarlas grandes pa cuando creciese, pa que me durasen mucho. Cuando entré en el aula a la profesora le dio un ataque de risa:

—¿Ónde vah, Pili? ¿Qué tah puehto, unah canoah en loh pie?

To las niñas se descojonaron y yo hice como que me reía, pero en verdá no me hacía ni puta gracia. Y cuando sentía cómo mi pie se escurría dentro la zapatilla cada vez que subíamos al relevé y bajábamos al posé y que con cada roce la piel se me iba erosionando me cagué en to los muertos de mi madre la pobre que no tenía culpa de na. Relevé posé relevé posé. To en francés, cuando ninguna niña tiene ni pajolera idea de francés. No sé ni cómo se escriben to esas palabras que he repetío una y otra vez desde los siete años. El lenguaje del balé es una tradición oral. To siempre con tilde al final, como bagué y torre Eifé. Plié tandí fondí y piqui piqui y tiki tiki cuando se les olvidan las palabras. Ese día yo me tuve que sentar porque se me salían las zapatillas y me sentí fatal porque ya las había llenao de sangre y las puntas cuestan mu caras. Mi madre, como buena madre, las cosió. Y no fue la mejor solución, pero al menos tiré por un tiempo con dignidad. Las puntas tienen que ir apretás. No como pies de loto pa que quepan en la boca del marío pero casi casi, que sientas que en vez de deos tienes un muñón. Y hay que cortarse bien las uñas, una uñita mal cortá puede matarte. Había quien usaba protectores de silicona, pero eso es escaquearse, hay que hacerse el callo como las de antes, unos buenos juanetes. Por eso yo usaba una media enrollá y me ponía un trozo ternera cruda contra la carne que se quedaba al descubierto. Eso me daba gustito, la vaca fría contra la herida abierta. A veces no era suficien te y la sangre asomaba a través de la tela rosada y brillante como una menstruación repentina que te hace suplicar droga dura. Lo sé porque Manuela vive sus reglas como si un mago de pacotilla la estuviese partiendo en dos con un serrucho y ella se toma una pastillita que la deja como nueva. A mí no me viene la regla, parece que lo de bailar balé y no comer me reventó el organigrama menstrual. Es increíble lo poco que he comío durante mucho tiempo y lo viva que estoy. Aquí dentro he tenío que volver a apreciar la comida porque no hay na mejor que hacer en la hora de la comida cuando toas hacen eso de masticá y saboreá y tragá. Aunque sea puré de patatas con puré de patatas y un poco más de puré de patatas que siempre viene bien un poquito más de puré de patatas. Qué ascazo me daba comer. Cada mordisco me hacía sentir terriblemente mal, cada bocao me perseguía como la luna a la tierra y la tierra al sol. Me pesaba después de mear, después de cagar, cada mañana, tarde y noche, incluso en sueños me he pesao. A veces la báscula no bajaba, pero porque era regulera, le daba un golpecito con el pie y pom, la flecha bajaba, los gramitos descendían, verificaba mi sacrificio y yo contenta. To por la danza. To por algo intangible. To por tener un buen papel en una mierda fin de curso. Porque cuando el profe te explica que la celulitis es grasa enquistá y que el queso es graso, tú dejas de comer queso. Cuando elige de protagonista a la más canija, tú quieres ser la más canija. Y cuando señala que una etapa de anorexia no le viene mal a nadie, tú decides ser la anoréxica namber uan. El rugío en la barriga era buena señal. Vamoh vamoh, sélulah míah, comé de mih grasah. Yo siempre culo toma culo. Ahí es donde se me acumula to lo que el cuerpo ni suda ni caga. En los brazos también. Mis alitas de pollo alimentan a más de uno. Agarrar la molla de mi brazo es lo más cercano a coger una teta, porque donde van las tetas no hay na. Esto por suerte pa bailar va bien, no hay que ir aplastando cosas. Y la verdá que tengo buenos trapecios, sí, tengo unas buenas clavículas también, salidas, como si me hubiese atragantao con una percha, eso gusta. Y el esternocleidomastoideo se me marca mucho, eso queda de maravilla. La mierda es que la mayoría de estas pamplinas son genéticas, por eso algunas se operan, se meten prótesis en los empeines o se recortan los labios del chumino pa que no se les vea tan gordo cuando les toca bailar en bragas. La culpa de to la tiene Descarte o como se llame el mascamierda ese con lo del cuerpo máquina y la mente por otro lao y la gente que le echó cuenta, se inventaron los pudores y empezaron a mear con la puerta cerrá y el pestillo echao y dejamos de vernos los cuerpos y llegaron los complejos. Qué lástima. Pudiendo quedar to la peña pa mear y cagar en la plaza el Ayuntamiento. Quiero pensar en esas mujeres de la Edá Media con sus dientes negros y apiñaos, sus muslos untaos en manteca, un gato acostao en el bigote, un buen matojo en el coño y con remedios de romero pa que se vaya lo malo y entre lo bueno, que vivían entre hileras de pescao, borregos y niños recién paríos bajo la mesa, que ellas mismas se sacaban los bebés con una mano mientras vendían tomates con la otra, que miraban las alubias de cambio con los ojos arrugaos porque no tenían gafas y se limpiaban las manos con limón y se enjuagaban el jigo con cerveza y por la noche se iban a las pozas a reposar el culo en el barro y se quedaban dormías en el agua caliente lleno azufre, que huele a mierda pero es mu sano. Bien sabias, bien gorrinas. Yo debería ser así, una cerda, y gruñir to el rato. No tanta palabra que me aniquila, gruñir na más. O un robot, mejor un robot. Que los cerdos tienen mu mala vida. Los robots viven como reyes. Yo sería un robot espectacular, sin género ni na de eso, que funciona por energía solar, se comunica con ultrasonidos y mata gente con mirá láser y tiene orgasmos cuando quiere. Aquí estoy rodeá de personas con hamburgueli entre las piernas, filetito pollo dice la Amparo, aquí lo de cuir no vale. En las prisiones se mira coño o polla, y según el menú te meten en un edificio u otro. Y si eres algo que no encaja en Adán o Eva se abre un debate eterno y te quedas calva. A mí me mandaron a la cárcel de Alcalá de Guadaira, cerca de casa, cerca de donde ocurrió todo. Se supone que he tenío suerte, a la mayoría las mandan a tomar por culo y sus familiares no pueden ir a verlas. Podrían haberlo hecho conmigo, así tendría una excusa, una razón a la que aferrarme pa entender por qué carajo no viene nadie a verme. A las que fueron mis amigas ya las he olvidao. ¿Pa qué vale una amiga que no te acepta en la oscuridad? Eso creo que lo decía Kur Cobein, pobre diablo. ¿Pero y mis padres? Mamá, papá, ¿de verdá no pensáis en mí? ¿No os estáis preguntando si como bien, si duermo bien, si tengo amigas, si me hacen bulin o si me he reconvertío y predico la palabra del Señor por los pasillos? Los días de visita, cuando nadie me visita y me quedo sola en la habita, recreo la escena del reencuentro.

3. Frapé

Mi madre se ha puesto el traje rosa que le hace buena cintu-
rita y mi padre la camisa blanca, recién planchá, con la chaqueta verde. Están nerviosos, yo también. Les cuesta hablar.
Lloran y entonces yo también lloro. Me piden perdón y yo
a ellos. Me dicen que me quieren, que me han echao muchísimo de menos, y yo les digo lo mismo: Mamá, papá, oh
quiero, oh he echao muchísimo de menoh. Despacito, mu
despacito, acercamos la mano al cristal y nos quedamos un
rato así, mirando cómo nuestras manos coinciden. Mi madre quiere darme unas madalenas que hace ella que son del
tamaño de un puño. Se lo prohíben. El guardia dice: No,
ehtá prohibío. Pero ella le hace ojitos, le camela con un par
de zalamerías y consigue que me las den. Consigue que el
mismo guardia diga: Ay, muhé, pero solo por uhté. Y yo me
meto una entera en la boca, entera, y lloro de nuevo y con la
boca llena le digo que son las mejores madalenas der mundo

mundiá. Y ella entonces se ríe y mi padre se contagia y yo también y de la risa mi madre se tira un peo sin querer y nos reímos más y lloramos más y yo me ahogo un poco con la madalena y mis padres se asustan un poco y tiene que venir el guardia a darme una palmaíta en la espalda y la madalena sale dispará contra el cristal y mi padre dice: ¡Pordió! Y mi madre dice: ¡Yantiendo por qué prohíben comé madalena ahí dentro! Y nos volvemos a reír, ya solo reímos, no lloramos, nos miramos a los ojos y somos superfelices.

4. Granplié

Llevo ya cinco años encerrá sin que nadie venga a verme. Así que llevo ya cinco años interpretando la escena con un muro. No siempre me sale bien, pero me esfuerzo. El momento de toser, llorar y reír to a la vez es el más difícil. Pedir perdón es lo peor, no me sale bien esa parte. No es una palabra que fluya en mi variado léxico. En mi casa esa palabra era exclusiva pa hablar con Dios, no parecen palabras dignas entre humanos. Y cuando una no practica algo, pues no es fácil. Las cosas hay que practicarlas. Y practicar es repetir repetir repetir. Siempre repetir. Eso me decían. Aquí en la cárcel la repetición funciona de maravilla. To los días el mismo ritual que te recuerda que estás exenta libertá. Una sueña que va a acabar la repetición como en los bailes de la Pina Baus y que se baja el telón, te aplauden y te vas a la calle y te tomas una cerveza. Pero para algunas la repetición no para nunca y comienzas a dudar de qué es sueño y qué es pesadilla y acabas dudando de tu existencia. Hay días que siento que llevo aquí to la vida y días que no reconozco mi habitación, que me levanto esperando levantarme de nuevo. Pues no, no, Pili, no, jódete, jó-de-te. Lo del megáfono con la voz de lata que solo se manifiesta pa dar órdenes es verdad, lo de la vigilante gritando: ¡Arriba!, aporreando el metal con su porra es real, es mi vida, es cada mañana de mi ahora. Podrían marcarse un temita con un arpa o un ukelele de esos, eso estaría bonito. Aunque la Topo no atine un acorde sería mil veces más agradable que el arriba militar de los cojones. Por suerte, la cama no es mala. Mi cama de antes era mucho peor, era como cualquier colchón de esos que la gente deja tiraos en los contenedores sin el más mínimo apuro y que nadie recoge porque están to llenos meao de gato. Ese era mi colchón, con los muelles del centro pronunciaos, así que pa dormir tenía que clavar la forma de C o bien hacer la I en un lateral. Lo de la I en un lateral aprendí que tenía que ser pegá a la pared porque una noche de I, en el lao sin pared, rodé y me partí la ceja derecha, mi ceja maldita. Me la he partío tantas veces que me cuesta enumerarlas. El tobillo me lo he torcío otras tantas. Pero es que lo de lesionarse va intrínseco a lo de ser bailarina. Si nunca te caes quiere decir que nunca te arriesgas, no vas al límite, no avanzas, te acomodas y se te queda el cuerpo flojingangui. Así una juega constantemente en la frontera entre caerse, no caerse, caerse, no caerse, y de tanta tensión, cuando una aprieta de más o se relaja un poco: pom. Golpe. Por eso no es cosa rara un moratón en una bailarina ni un raspón ni un despelleje ni una venda. Son medallas pa decir: a muerte.

Mira, mira, mírame, mira mi uña negra, mira mi rodilla desollá, mira el moratón de mi cadera, mira la sangre de mi codo, mira, mira bien, soy bailarina, ¿ta quedao clarito? Cuando me partí la ceja la primera vez fue bailando en mi habitación. Giré y patiné contra el escritorio. No me dolió ni na, yo vi sangre y tan tranquila fui al salón en busca de auxilio. Me acuerdo la cara lechosa de papá al verme. Se derrumbó como un títere articulao, como un buen payaso. Es fuerte la barbaridad de sangre que chorrea por una heridita en la cara. ¿De dónde sale to esa sangre pordió? Me sangra más la ceja que el útero, estoy mal repartía. Menos mal que estaba mamá y que ella está más prepará pa estas cosas. Me dio un rollo papel higiénico pa limpiarme, me puso una compresa en la frente, me la apretó con una felpa al estilo Cleopatra, me besó la coronilla y me llevó de la mano a urgencias. Vivíamos a cinco minutos del Hospital de la Macarena, el hospital donde nací. Mi madre siempre habla del horror que fue parirme allí, que estaba to en obras, que aquello era una ruina, que parecía que habían caío bombas, que colgaban cables del techo que soltaban chispas, que asomaban tubos de los que caía agua, que chocaban las camillas porque no cabían entre las cajas y ladrillos, que las enfermeras fumaban sin compasión, que el ginecólogo estaba borracho como una cuba, que la ignoraban, que la gente llegaba allí llorando, sufriendo, pidiendo ayuda y que si no gritaban como jabalís o partían una ventana se podían morir esperando algo de atención, dice que se arrastró a cuatro patas por los pasillos con la bata abierta y el culo al aire porque no podía andar del dolor, que tuvo que cagar y mear en el suelo entre un viejo verde intubao, un niño albino con un cristal clavao en la sien y una gitana que tenía los ojos amarillos y se comía los chicles que se encontraba pegaos debajo las sillas, y que entre la diarrea que estaba echando una niña se puso a vomitar y una enfermera se resbaló al pasar por allí y se cayó de boca y se partió dos dientes y a mi madre le dio un ataque de risa loco y entonces la amarraron a una cama y le pincharon cosas sin darle explicaciones de ningún tipo y dos enfermeras de lengua viperina le dijeron: ¡Venga, empuja!, y ella empujaba y no salía na y gritaba: ¡¿Ónde coño ehtá Hacobo?! Pero Jacobo no estaba porque no le habían dejao entrar, porque no cabía más gente, y Jacobo tampoco puso ninguna resistencia y se fue a esperarla al bar de enfrente, que se pasaría en un rato pero no se pasaba, y que se cagaba en to los muertos de Jacobo mamón que seguro que estaba bebiendo cervecitas celebrando su paternidad y no iba a haber paternidad ninguna porque el dichoso bebé no salía, y la enfermera echándole el humo del tabaco a la cara no ayudaba na, y que entonces otra preñá que estaba al lao le dijo: Haz como que cagas, y que hizo eso y flop, nací yo. Que parirme fue como echar un truño. Un mojonaco. Se enrojece cuando lo cuenta, es de los pocos momentos en que mi madre se permite decir barbaridades, hablar de órganos y excrementos. Como si haberme parío, ese milagro, eso a lo que ella sobrevivió, la excusase por unos minutos pa decir caca y culo. Ay, mamá, si tú supieras, si hay gente que hace triples penetraciones anales, mamá, si hay gente que come caca, mamá, queriendo, por voluntad propia, mamá, sin que nadie les apunte con una pistola en la cabeza, que les gusta, que están deseando que llegue el viernes por la noche pa quedar con un colega y que se cague en su boca y vomitarse encima y tragárselo otra vez. Por eso, cuando veía un poco de relax en sus hombros, cuando sus trapecios se suavizaban y canturreaba por lo bajini: Amapoooola lindísssima amapooooolaaa será siemmpre mialllllma tuuuya sooola yo te quieeerooo amadaniñamíííííía igualllll queama laflorrrr laluuuz del díííía, y con el pequeño subidón que viene luego de: Á-MA-MEEE y un poco de lagrimita al final con el: ¿Cóóómo puedes tú viviiiir taaan soooola?, que era la canción favorita de su papá, del abuelo Hermenegildo que murió demasiao joven quenpahdehcanse, cuando canturreaba amapola es que mamá estaba bien y entonces le pedía que me contara la historia del día en que nací. Y ella ríe, mojón, dice mojón y se parte como una niña. Ríe y se calienta y una parte de la historia también le permite maldecir, y ¡cómo maldice a esas enfermeras!, guarra dijo una vez y to, y puta también dijo. Y a Jacobo lo pone de vuelta y media, uy uy uy, maldito Jacobo que no estaba allí pa agarrarle la mano y pegar a las enfermeras. Que dice que las perras esas la dejaron dormía y no le dejaron coger a su preciosa niñita en brazos, pero que la despertó Jacobo con un beso como en los cuentos y que ya le trajeron a su bebé, y que me miraron y lloraron de la emoción y le dieron las gracias a Dios por haber traído a este mundo una niñita tan sana y tan guapa y que me miraron unos segundos en silencio y luego se miraron entre ellos y dijeron los dos a la vez: Mariá del Pilá. Mucha novelería tiene mi madre, pero visualizar a doña Concepción, Conchita la prudente, en forma de monstruo que se caga en lo alto me flipa, esa debe ser ella en verdá. Si no, ¿de dónde me sale a mí to esta fantasía mierdosa de intestino, culo y sangre to el rato? ¿Y to esta rabia de animal luchando por no extinguirse? Estoy segura que sí, estoy segura que en algún momento vendrá a verme. Mi padre lo dudo, pero mi madre, mi mamá, ella vendrá. Creo que no ha venío por él, pero en cuanto encuentre un hueco, una excusa, vendrá, necesita una buena excusa, eso es to, como yo pa ver a Pina. La cosa es que mi padre es cabezota como un cachalote, medio cuerpo es cabeza. Si el ballenato dice que no es que no y el tío, con lo pesao que es, como buen fascista se impone. No Mariá del Pilá. Así decía él: Mariá del Pilá, al completo, por mucho que yo le rogara que me llamara Pili. Pili eh de tonta, ¿cómo te vah a llamá Pili? Mariá del Pilá eh tu nombre y eh un nombre presioso que eh el que te hemo puehto tu madre y yo, así que eso de Pili, bajo mi techo, no, ni se te ocurra. No chupeh el plato que no ereh un perro, Mariá del Pilá. No, no te puedeh poné ese vestío que pareseh una puta, Mariá del Pilá. No, no puedeh i a esa fiehta porque lo digo yo y punto, Mariá del Pilá. No, no puedeh quedá con la vesina que eh sunnormá profunda como la sunnormá de su madre, Mariá del Pilá. No, no vayah a i por esa calle que te violan, Mariá del Pilá. No, no puedeh faltá a misa porque si no vah al infienno, Mariá del Pilá. No, no vah a salí con el pordiosero ese en tu vía, ¿tanterao? Y quítate el maquillahe ese que tah puehto, que da vergüensa, que vah de puta y te la vah a llevá como sigah así eh, Mariá del Pilá, y dile al comeperroh ese que como vuelva a verlo por aquí serca le voy a da una mahcá que lo dejo tieso. No, Mariá del Pilá, no, ¿tu ereh tonta?, ¿qué quiereh, que te dé una ohtia? Quítate eso ahora mihmo y siéntate bien y no hagah eso con la boca que te la vah a reventá que pareseh mongola y no y no y nononononono. Eso es un mantra pa él, le encanta. Y ahora que no estoy yo, seguro que se lo hace a mamá. Concepción y Jacobo, menudos dos bíblicos. Que se casaron bajo la supervisión del Señó pa propagar la especie humana. Que llevaron a cabo to los rituales cristianos habíos y por haber. Que compraron anillos, mantos, flores, estampas, imágenes, rosarios, medallas, gemelos y to tipo de joyas cristianas pa demostrar al mundo que ellos eran unos buenos cristianos y al final solo me tuvieron a mí. Me pusieron el nombre de dos santas, me bautizaron con agua bendita, me apuntaron a un colegio de monjas, me recogieron el pelo con un lazo blanco, me dijeron que yo había llegao al mundo gracias a Dios y que tenía que darle las gracias to los días al Señó que estaba en toas partes y a la Virgen que habían puesto en mi escritorio y brillaba en la oscuridad, me enseñaron a rezar, a pedirle perdón al Jesucristo enano que habían colgao en mi cuarto por mis pecaos, me regalaron una Biblia de colores cuando aprendí a leer y me explicaron que si era buena niña nunca me iba a pasar na, pero que si era mala me iba al infierno como Judas. Me querían beata, pero mis manos eran palomas de la paz a las nueve de la mañana y a las tres de la tarde quizás estaban debajo la cremallera de algún chavalín que me dijera guapa. Yo me remangaba la falda, me dormía en clase de Religión pa soñar con serpientes y manzanas y un edén de tetas y culos bamboleando hasta dejar el pupitre lleno baba, pintaba pollitas en las esquinas de mis cuadernos mientras sor Virginia nos explicaba el sujeto y el predicao, ondeaba la bandera de Andalucía el Día de Andalucía y ondeaba la bandera de España el Día de la Constitución, me aprendí los avemaría, me aprendí los credos, y mientras los recitaba sin pensar hacía ojitos con quien me los hiciera a mí y luego nos veíamos en el baño pa meternos la lengua hasta la yugular. Nunca he sío una chica difícil, si a mí me gusta un tío yo le hago la miraíta y palante. No me va el charloteo barato ni el nervio de ¿va a pasá?, ¿no va a pasá? Vamos a lo que vamos, yo te digo sí, tú dices sí, yo te hago así, tú me haces asá y ya está, pa qué más lío. Ahora, el rollito ese de cogerte la cintura como la cosa más natural del mundo cuando yo no te he hecho la miraíta, ¿eso qué mierda es? Sus muertos la manita de nota pestoso en la foto de grupo. Esa manita bordeando tu costao, tu vientre, que se cuela como una serpiente fría que va a ahogar a su presa antes de engullirla, como si a ti te encantara la manita. Como hacía el puto Antuán. Pienso en Antuán y me sube la bilis por el cuello. Ese, en el momento pa-ta-ta te cogía el culo y tú salías con la mala cara y el cabrón quedaba como el graciosillo la pandilla. Antes porque no rechistaba por na, pero ahora al que me toque sin permiso le corto el nabo. Si hubiese tenío el coraje cuando me tocaba tenerlo, ahora tendría un mural de pollas clavás como Cristo. Qué coraje, con lo que me gusta a mí que me agarren fuerte, me tiren del pelo y me coman las tetas y lo que me gustaría que me lo hiciera alguien ahora. Me volvería a meter el cepillo por el culo, pero no me han dao uno de repuesto. Y comienzo a sospechar que me he flipao, me duele, se me está pasando el subidón de haber pasao un rato con la doctora y las almorranas están floreciendo. Y la Manuela está despierta y me está mirando con la carita esa que pone ella que parece más lista que nadie. Manuela y Pili. Pili y Manuela. Desde Alcalá de Guadaira al mundo. Aquí estamos: criáh en er sielo pa desfasanno en la tierra.

5. Posé

—¿Ya estás en el túnel?

En dos años que llevamos juntas me conoce mejor que nadie. Es como eso que se dice de la hermana que nunca tuve. Una amiga sería la palabra, creo, no lo tengo mu claro a estas alturas. Manuela sabe que cuando me queo mirando un punto fijo es que estoy más pallá que pacá, se me entaponan los pímpanos y se me nubla la vista, entro en modo avión y cuesta recolocarme la antena de los sentíos. Las palabras son las que mandan, esta voz que me taladra forma torbellinos, me adentro en ellos y desaparczco. Y a veces pienso que no voy a salir nunca del túnel y me voy a quedar ahí metía pa siempre y eso a veces me parece un buen final, pero otras me produce un miedo espantoso. Compartir celda es lo que tiene, o te adaptas o te adaptas. Por suerte, Manuela no me joe con tonterías y aguanta to las mías, aunque a veces riñamos siempre acabamos bien. Hay que saber pelearse, eso es clave pa convivir. Y no tiene pudores, eso ayuda, sabe eructar de maravilla. Eso me da una envidia tremenda. Nunca he sabío eructar, yo soy más bien pedorra. Ella lo hace cuando quiere, y lo bien que sienta echar el gasesito por la boca, qué envidia más grande. Manuela además tiene el don de doblar las orejas pa dentro, las esconde, y cuando quiere hace flop y las deja estallar pa fuera como palomitas de maíz. Yo mis peazo orejas no las puedo ni mover, ni siquiera cuando levanto las cejas se inmutan, pesarán demasiao. Ahora mismito me está haciendo señas al estilo azafata del Raianer. Desde luego, no cabe duda, las coreografías avionísticas son la polla en vinagre. Pobresita. Está realmente esforzándose por hacerme salir de la espiral, pero estoy bien metía, le va a costar. Por mucho que me señales las salidas de emergencia, no me vas a sacar de aquí, Manuela. Nos han puesto juntas porque se supone que somos igual de chungas. Yo atenté contra una institución pública y ella mató a un niño pequeño, y estos son como delitos equivalentes en términos penales o una cosa así. Más o menos. Eso me ha explicao Malika, y Malika es la puta ama de las leyes. Aunque no estoy segura del to porque no me entero una mierda cuando se pone a hablar de estas cosas, porque cuando habla de estas cosas de las leyes yo entro en el bujero y hastaluegoLucas. Lo que sí que sé seguro seguro segurísimo es que no hay ninguna multimillonaria corrupta aquí dentro, eso lo sabemos toas. Deben estar en la prisión de Madrí, aquí solo hay ladronzuelas y las asesinas escasean, una pena. Casi toas están por la droga y la mayoría son pobres que entran y salen to el rato por alguna chuminá. La más pringá yo diría que es la Emyi, que significa Mariá Jesú en inglés, pero ella el Mariá Jesú lo odia, ella quiere na más Emyi y yo eso lo respeto a muerte, igual que yo quiero que me llamen na más Pili. Emyi está aquí porque compuso un par de temas que iban de hacerle fistin al rey y matarlo, y el rey ni se enteró ni na, pero aun así se lo prohibieron y ella dijo que ella misma iba a ir a meterle el puño por el culo al rey hasta dejarlo tieso y que eso le dio muchos folouer, y que entonces, cuando se hizo famosa, la metieron aquí, y que recibe cartas to los días de sus folouer, que la quieren mucho y que están recogiendo firmas pa sacarla de aquí. Eso no se lo cree ni pirri. La Emyi solo ha dao un concierto al que fueron cinco personas y una de ellas la denunció y aquí dentro está la pringá. A la comemierda esa que la denunció le ha compuesto una canción que dice: Pedazo de nazi te voy a matar. No rima mu bien, pero el mensaje es contundente. Su mejor tema es el de la princesa Letizia me come el coño con presbicia. Ese es mi favorito. Aunque no sé bien qué significa presbicia y como veo que to el mundo lo sabe me da un poco de cosa preguntar y no pasa na, porque rima increíble y eso es lo que importa en verdá. Emyi nos entretiene las tardes cuando está inspirá y yo se lo agradezco de corazón. Cualquier distracción aquí dentro es oro. Joé. Cada vez que pienso en donde estoy metía, en plan, en serio, que tomo conciencia del sitio en el que estoy, cuando recuerdo que hay vida más allá de este bloque ladrillos, que hay delfines brincando por ahí, que hay monos comiendo plátanos, peña recogiendo aceitunas, que hay montañas, ríos y mares y más animales y más árboles y flores de colores, que hay nieve y to por alguna parte, se me cae un mechón de pelo. Es flipante que en este pequeño edificio estemos to las malas, que quepamos toas en este antro. Porque por eso estamos aquí, ¿no? Porque somos malvadas villanas putas marranas. Si pudiera reírme, lo haría. Lo más bestia de to es que de las más malotas aquí dentro sea yo. Las hay más brutas. En bruta me supera más de una, como la Sonia, que de un cabezazo te revienta, que no habla, no le hace falta, con vocales guturales se le entiende perfectamente. La Sonia dice o o dice a y tú ya sabes si tienes que echarte a un lao o pasarle una cuchara. Parece que te va a pegar to el rato, pero en el fondo la Sonia es un cacho pan. Si es que las colegas como mucho han robao unos cuantos móviles, han vendío cocaína en un garaje, han ocupao un chalé, han viajao sin papeles, han hecho mamadas en un coche o se han metío hachís por algún boquete. Ya está. Alguna se ha dedicao a matar gatos, pero cuatro o cinco, ya está, o le ha echao aceite hirviendo en la cara a la vecina, no más, solo la cara, ya está, o le ha robao la tele, el frigo y los pendientes de oro a la madre pensionista pa pillarse algo de heroína y la madre se ha enfadao y la ha tenío que matar pa poder tener la herencia y así tener más heroína, porque si no toma la heroína lo pasa mu mal, pero ya está, no más. La unidad está en la precariedad, eso nos une. Porque una rica paga y se va a su casa. Una rica le come el coño con presbicia a su amiga la rica que se lo come a su amiga la jueza y le da un jamón y ya está, toas comiditas y en casita casa casoplón untándose la cara en pepino y las piernas en chocolate. Una rica tiene que ser una auténtica pringá pa estar aquí dentro.

Algunas señoras de dinero que vienen a pasar unos meses se intentan camuflar con el uniforme, pero les sale regular. Las que han tenío una vida de calefacción central y casa en la playa y en la sierra, un par de coches y un armario pa los zapatos, las que dicen que no han hecho na, que no entienden cómo han acabao aquí, no pasarían desapercibías ni con un burka color cemento. Se delatan con la mirá, el modo de andar, como aguantando la respiración, como si respirar este aire fuese pecao, como si este no fuese su lugar, como si hubiesen acabao de vacaciones en el sitio equivocao. Pero ¡ay, compañera!, este no es lugar pa nadie. Algunas se burlan de las inadaptadas, les escupen en el plato o les quitan la silla al sentarse. Yo no, si han hecho algo malo ya me caen un poco bien, lo que sea, tienen mi respeto por haberse pasao una norma por el ojete. Lo intento al menos, a veces no salen las cosas como una pretende. Creo que Manuela acaba de lanzar la almohada por los aires, creo que acaba de levantar el colchón. ¿Estás buscando tu pildorita del bienestar? Ya pasas de mí, ¿no? Claro, si es que te entiendo. La pildorita mola más que yo. Haces bien, Manuela. Yo estoy pensando en el bien y el mal. Eso es mu denso. Se supone que tú eres el mal y yo también. Tú mataste a un bebé, yo la lie parda, y probablemente lo volveríamos a hacer. Lo sé porque cuando consigo imaginar que salgo de aquí lo primero que hago en mis sueños es pillarme una katana. Y no pa vacilar, sino pa ir rebanando miembros a lo loco como en los videojuegos, que van volando brazos y cabezas sin piedad ninguna. Yo creo que tendría que haber nacío en otra época y ser verduga. Con mi propia guillotina. Y yo hubiese sío una verduga con dos cojones bien gordos, sin taparme con el saco negro, con una sonrisa en la cara de pueblo en pueblo dejando caer la cuchilla. No sé cuánto cobraba una verduga, si era funcionaria o iba por libre a lo frilans y le daba al trueque en plan córtale el pescuezo a Paquirri y a cambio te damos un baño agua caliente con espuma. Vivir así me parece más puro que to esta mierda de siglo veintiuno. Siglo veintiuno cómeme el culo. Antes por lo menos la peña iba a muerte. Si le robabas la gallina a la vecina, te daba con una piedra en la cabeza y listo, toas contentas. Ahora hay pantallas y papeles donde debería haber un rosal o un buen pedrolo. Si ya ni las perras pueden follar con sus hijos bajo la mesa camilla ni los niños pueden partirse la boca en los columpios ni las viejas pueden morirse por mucho que lloren y digan porfavó porfavó matadme. Si existen las malas hierbas y la gente lo sabe, esas son malas hierbas, hay que arrancarlas, dicen. ¿Eso cómo va a ser? ¿Cómo va a existir una hierba que es mala? Haz esto así, haz esto asá, y aquí, ahí no, ahí no está bonito, ahí multa, métete en este zulo y de paso métete to esta pila papeles por el culo. Así está la peña, con cáncer to el rato, desarmá, jarta, hasta el jigo, en toas partes. Así estoy yo, fatá, que cada vez que una compañera se quita la vida con sobredosis o rajándose la muñeca me replanteo unirme a la fiesta. Como cuando se ahorcó la Juliana. Se ahorcó por la noche y nadie se enteró de na. Ni su compañera de cuarto. Juliana no era mi favorita, siempre fue un poco pesá, pero inundó los pasillos con su pena. Una pena que se transmite con la facilidad de un papiloma y se te queda grabá en la piel como un tatuaje. Manuela y yo nos preguntamos de vez en cuando si esa es la verdadera solución. Como si fuera un concurso la tele y la respuesta fuese tan sencilla como A o B. Por lo menos podrían hacer un plan de ayuda a la suicida, un kit con artilugios básicos y un manual de esos que son del tipo suicidio pa tontas. Que quien quiera suicidarse lo pueda hacer a tutiplén, no recortando tiras de sábanas y colgándose de una cañería, eso puede no salir bien y quedas como una suicida de tres al cuarto. Con lo bien que le vendría al Estao que nos fuésemos matando toas, menos bocas que alimentar, menos problemas que gestionar, un suicidio siempre es lo más económico. Recuerdo haber tenío una bioquímica óptima, que me reía y cantaba en la ducha de vez en cuando, como mi madre cuando cantaba amapola. Se supone que eso no cambia. La que nace con buena dosis de felicidad siempre ronda la felicidad y la que no, pues no, y en vez de andar se arrastra y punto. Que una puede tener altibajos, pero al final vuelve a su nivel de bienestar. Si te toca la lotería y te compras un coche nuevo, sube. Si luego tienes un accidente con él y tu hija pierde un brazo y tú te quedas tetrapléjica y tu hija tiene que alimentarte a cucharás con su único brazo, el izquierdo, siendo ella diestra, y te mete la comida en el ojo, te mancha la ropa y te cagas encima y ella nunca logra limpiarte bien y estás to llena mierda, baja. Pero pasa el tiempo, te levantas, observas tu cuerpo inerte, a tu hija que ha aprendío a escribir de nuevo, te acostumbras a tu peste de guarra que no se lava y dices, bueno, ni tan mal. Yo eso no me lo creo. Yo creo que una vez tocá, hundía, Titanic y adiós. Cómete mi chapapote. Tu propia química se cansa, tu organismo deja de esforzarse, se pira, se va sin despedirse y te deja una montaña verrugas en el perineo, un agujero en el intestino y una calva como la de san Agustín de Hipona. Que ese era calvo seguro, estilo taza váter, que le va mucho a los santos ese corte pelo. Pero lo de suicidarse, matarse una a una misma, eso no es tan fácil... ¿No? Y tampoco es seguro que muriendo la cosa vaya a ser mejor... ¿No? Cuando hablo con Manuela del tema tratamos de convencernos de que aquí dentro de algún modo no se está tan mal. Tenemos puré de patatas. Genial, lo que más me gusta en el mundo. Y no nos tenemos que preocupar de pagar deudas ni presentar papeles ni solicitar ayudas de mierda. Me cago en to lo que se menea. To por la maldita ayuda. Es increíble que el detonante de todo sea una ayuda. Una ayuda que es pa ayudar pero que no es más que una morcilla gorda, insulsa y pastosa que un señor mayor con traje corbata te mete por el primer bujero que pilla. ¿Y si nunca la hubiese solicitao? ¿Estaría por ahí bailando? ¿Estaría deslizándome como la lava por la tarima de un teatro? ¿Estaría acompasando mi respiración, rebotes y balanceos con los de otros cuerpos? ¿Estaría disimuladamente mirando en el espejo cómo se me marca el cuádriceps al estirar la pierna en un tandí? Cuando pienso en esto me muerdo la boca por dentro. Desde que tengo memoria burocrática solicitar cualquier cosa a un organismo público ha sío algo mu triste que implica esperar sentá en una silla mu dura y cero ergonómica hasta que la pelvis se carboniza, te gangrenas poco a poco y acabas hecha un montículo de polvo perfectamente colocao pa ser aspirao. Y solicitar una ayuda a la producción artística es como morder piedras y cristales, perdiendo los dientes, rajándote el paladar, el esófago y to lo que sigue el tracto intestinal. Alguna valiente se atreve, pero acaba en la UCI cuando llega la subsanación. Se dice de una que la palmó. Consiguió hacerlo to, rellenó to los papeles, consiguió to los puntos, le concedieron to los euros que solicitaba y cuando le ingresaron el dinero a la cuenta del banco fue a jiñar y se murió. Si no hubiese tanta burocracia ya existirían los zapatos voladores, por lo menos. Y si a nadie le gusta la burocracia, ¿por qué existe? Tampoco a nadie le gusta morir en un váter por performático que sea, al menos que yo sepa. Mierda. Me han entrao ganas de jiñar como a la tipa esa. Me va a doler demasiao. Lo noto. Es que soy tonta. He sío una bruta con el cepillo. Y sí, lo noto perfectamente, mis queridas almorranas han vuelto a abrirse. Y así duele mucho ir al baño. El dolor anal es el peor. Es bastante simétrico, como a mí me gusta, pero es el peor. Es demasiao. Debería evacuar. Vaciar. Ahuecar. No me sé más verbos pa decir lo mismo. Me vendría bien ahuecarme. Ojalá se pudiese hacer con el cerebro. Apretar y que saliera en forma churrito por la oreja o la nariz. Por la nariz les sacaban el cerebro a los faraones con unos palitos. Palo. Un palo no. Palo por el culo joé mierda. Creo que me he hecho sangre en la boca. Me he mordío demasiao. Si es que pensar en burocracia no me hace bien. ¿Por qué lo haces, Pili? ¡¿Por qué?! Si sabes que ya no te hace falta la buromierda pa na. Pienso en la ayuda y mal. Me vienen remolinos destructores imposibles de frenar. Manuela, con ese baile de gorila hambriento no consigues na, porque sabes que yo no tengo na, y porque yo estoy con la burocracia, y eso me lleva al fuego y el fuego arrasa y yo estoy viendo una hoguera más grande que tú y que yo, el incendio más bestia horrible atroz monstruoso y de cuento precioso a la vez. Un edificio en llamas.

6. Devulé devulé devulé

Nunca antes deseé algo así como que muriese mucha gente en un sitio. Nunca me planteé ser terrorista. Simplemente la vida me metió una hostia tras otra, mi bioquímica se marchitó y yo solo pensé en fuego. To porque pedí a la Junta la Ayuda a la Creación Extraordinaria. La ayuda que la Junta lanzó aquel año y nunca más que yo sepa, fijo que gracias a mis hazañas. La Ayuda a la Creación Extraordinaria se la inventó una manada marmotas. Así me imaginaba a los trabajadores de la Junta hasta que fui a hacerles una visita. Como marmotas. Luego me di cuenta de que tenían más forma humanoide que de ratilla. Pero siempre me los he imaginao con paletas grandes royendo nueces. Aunque creo que las marmotas no comen nueces sino que comen bayas, pero es que la imaginación no se puede controlar. Eso es libertá de conciencia. ¿Qué padre no se ha imaginao follando con su hija? El papá se lo calla, se pajea en la ducha y ya está, no pasa na, es la maldita imaginación. Yo no solo imagino anos, amputaciones y chorros de sangre, yo también visualizo un montón de marmotas juntas en un edificio que se llama la Agencia. Igual que aquí veo un zoológico de capa caída, ahí veo una jaula de ratas de laboratorio. Yo veo la Agencia como el mayor experimento de la historia. El experimento que demuestra que la cultura de una comunidad autónoma se puede gestionar sin hacerlo. Querían poner ordenadores nuevos, pero salía mu caro y compraron un pac de marmotas que estaban de oferta en el Lidel. Se las dieron de innovadores como en el pueblo ese que pusieron un tobogán pa ahorrarse el ascensor y acabaron con las piernas hechas papilla. A las marmotas las acomodaron en un edificio abandonao, les dieron mesas, ordenadores de los viejos, máquinas de café gratis, ruedas pa correr dentro, unas nueces como incentivo mensual y dijeron: Ea, a ve qué pasa. Esperaron un ratito y salieron las Ayudas a la Creación Extraordinaria. Esto es así en mi mente. Por mucho que me quieran explicar cómo funcionan las cosas a mí me hablan de burocracia y mi cabeza dice: Democracia desgracia falacia pantancracia, que no sé lo que es, y luego Croacia, que no tiene na que ver, y palo por el culo y sin darme cuenta aparece la marmota royendo la nuez. Las Ayudas a la Creación Extraordinaria eran un saco de un millón de euros que se iban a repartir entre mil artistas nacíos en o residentes en Andalucía. Y pa ser artista tenías simplemente que tener la capacidad de inventarte el titulito de un proyecto. Eso era un festival. Eso era un cachondeo. Por primera vez, una ayuda en la que da igual toíto to. Da igual la edad, la experiencia, da igual si tu obra va sobre chupar caracoles, echarte una siesta, meterte tampones por la nariz o escribir el abecedario con la punta el nabo. Da exactamente igual. La Junta no juzga tu obra, no juzga al artista, no lo compara con nadie ni na. Tú presenta algo, que yo te doy mil euros pa que juegues. Eso es mu bonito, lo de no juzgar. Por primera vez una ayuda pública en la que no hay que hacer triquiñuelas pa incluir a más mujeres en el programa pa cumplir ninguna ley de paridad, en la que no hay que meter la palabra transversal ni minorías ni social, na de eso, no hay que inventarse sinopsis imposibles, no hay que planificar ninguna gira, no hay que tener un estreno, no hay que depender de un jurao, no hay puntuación de ninguna clase y no hay foto ni currículum vitae que valga. Porque lo que prima es ser la más rápida en el clic. Solo había que meterse en la plataforma, subir dos cosas y fin. Clic clic clic, mil euritos pa mí. Esto generó debate, mucho debate.

—¡Ehto eh indinno!

   —¡Esto no puede sé!

   —¡Qué vergüensa!

   —Oye, que ehtá guay, así no le dan la ayuda a loh de siemprc.

   —Está bien, la primera gana y listo, es justo.

   —¿Cómo que juhto? La polla de juhto. Eh lo contrario a juhto.

   —Vergonzozo.

   —Bueno, será vergonsoso, pero yo lo via intentá.

   —Yo tambié.

—Y yo.

Poh claro, y yo también. ¿Quién no mira por su culo? To el mundo lo hace. Incluso aquí dentro una puede mirar pa otro lao. Siempre puedes mirar pa otro lao. Pensar en ti y mirar pa otro lao. Es superfácil, yo lo hago de vez en cuando. A veces es sin querer, como ahora. Manuela quiere algo de mí, se está esforzando muchísimo en conseguir mi atención y no le estoy haciendo ni puto caso. Pero es que estoy con el tema que quema, Manuela, me hace mal, lo sé, a ti tampoco te gusta, lo sé, a nadie le gusta, te aseguro que a nadie le haría la más mínima ilusión zambullirse en mis pensamientos ahora mismo. Pero es que tengo que seguir dejando que fluyan y llegar hasta el final. Porque si lo interrumpo me entra el tic en el ojo que hace que algunas se crean que estoy intentando ligar y tú sabes que eso me mete en problemas y yo no necesito problemas ahora mismo, no seas mala compañera, Manuela, no seas como Bartolo, que me jodió enterita el Bartolo cabeza níspora. Era buena gente hasta que dejó de serlo. Bartolo era el compañero piso ideal hasta que se volvió un muermo mamón. Vivíamos en un bajo en la Macarena cerca casa mis padres a los cuales jamás fui a saludar. Ellos a mí tampoco. Bailar era el trabajo que me llevaría lejos, pero mi realidad es que nunca salí del barrio. Por lo menos en ese piso sentía que me teletransportaba a otro planeta. Bartolo era y debe seguir siendo un amante de las plantas y las pollas de silicona. El salón era una jungla de vegetación y dildos de diferente tamaño, forma y textura. Tenía una que se pegaba a la pared como un chupón. Rosa, del tamaño una pierna cordero, con la pintura desgastá. Bartolo era y debe seguir siendo gordo y pelúo. Un oso que solo folla con otros osos. Bartolo cortaba las plantas con unas tijeras que no me dejaba usar porque eran las buenas, las suyas, pero que yo le cogía a escondías pa recortarme los pelos del coño. Bartolo me hacía reír. Me contaba to lo nuevo en fistin, lo de que la gente se sacaba el recto pa fuera y se lo chupaba otro como si fuera un nabo, y yo me reía, aunque luego no pudiese dormir. Cuando lo veía meditando le decía: ¡Dehpierta ya, hipi, que te va queá cohinete en el mundo yupi!, y él cogía la polla negra, su favorita, y me pegaba con ella. Eso me hacía reír, no dolía ni na, era una polla blandita blandita. Pero poco a poco dejó de ser amable, dejó de darme churrazos y empezó a quejarse por minuarrias de que si no limpiaba, que si encima lo dejaba to patas arriba, que si había pelos míos por toas partes, que si era una quejica mimimimimimi, que si no comía na y me estaba quedando en los huesos, que si tenía que ir al psicólogo, que era un alma en pena, que si le daba vergüenza traer a gente a casa conmigo dando vueltas así con esas pintas nininininini. Y qué casualidad que to empezó cuando le comenté que no tenía dinero pa pagarle el alquiler del mes siguiente. Eso es lo que conlleva vivir con el dueño. El dueño no es compañero ni amigo ni colega ni vecino siquiera, el dueño es dueño y tú eres una cifra como la de la factura la luz. Se empezó a poner imbécil el día que la ducha no tragaba el agua y empezaron a salir lombrices y que qué asco más terrible las lombrices, que ya había hormigas, polillas y cucarachas, pero parece ser que las lombrices son unos seres repugnantes más vomitivos y repulsivos que ningún otro ser en el mundo.

—¡Piliiiiii! ¡Bonica! ¡Ven pacá! Ehto ya no se aguanta, te via matá. Qué ahco. Anda, tráete el chupacharco y mételo en el bujero, a ve si se desatranca. Que eh tu culpa. Que lo deha to lleno pelo. Ereh una guarra y encima no pagah. Si no pagah, no hay fontanero y no hay ducha y te vah a la puta calle. ¡Así que arréglalo pero que ya!

Yo, con calma, le expliqué mi situación:

—Bartolo, a ve, peazo sunnormá, te relaha, que te dicho ya mil veceh que me roto el puto menihco, ¿te enterah? ¿Sabe un listillo como tú lo que eh el menihco? Pueh un hueso que si no te loperan, no puedeh bailá y ca tu compañera de piso a la que quiereh echá de mala manera la tiene sin podé trabahá y sin podé hacé na, porque Bartolo, ehtoy tiesa, y no tengo dinero porque loh mierda que me daban de alta na mah me dieron de alta pa la hora de actuación, no pal viahe a la actuación, y que tu compañera piso se cayó al bahá del autobú como lah viehah y que deberíah de tenerle un poco mah de rehpeto como se le tiene a lah viehah, coño, que no puedo trabahá hahta que no me operen y me duele, coño, y yo soy bailarina y de lo que vivo eh de bailá ¡y no puedo bailá! ¿Lo entiendeh? ¿Tentra en la chota? ¿Cómo pago al fontanero hi la única manera que tengo de ganá dinero eh usando ehte cuerpo hecho porvo, eh? Que ido al puto paro, Bartolo, y man dicho que no tengo ni derecho a paro ni ayuda ni susidio de na porque lo gahté la otra veh que me echaron esoh cabroneh por to la cara y que ya no tengo acumulao, que no tengo acumulao na, que

ehtoy vendía, Bartolo, y que no me merehco yo que me hableh así, que te pido un poco rehpeto, que yo te rehpeto a
ti sssiempre por sunnormá que seah.

—Lavín, qué pesá ereh, Pili, pordióh, que ereh una llorica, a mí no me coma la cabeha con tuh mierdah. ¡Ehpa-
bila o te pirah!

Entonces salió la Ayuda a la Creación Extraordinaria. Mi
salvación. Mi vida dependía de esos mil euros. Por lo menos pagaba el alquiler durante un tiempo. Se lo expliqué a
Bartolo, le expliqué to lo de la ayuda, lo fácil que era, que
conseguiría esos mil euros y le pagaría to lo que le debía y el
fontanero y le compraría un cactus nuevo si quería. Lo único que tenía que hacer era meterme en la web de la Agencia
a las doce la noche, subir mi deneí escaneao, el título de la
obra que iba a realizar y una declaración responsable. Hola,
soy Pili y soy responsable. Lo tenía to preparao. Yo iba a ser
una de las artistas espabilás que estaría a medianoche lista
pa hacer clic y recibir mil pavos. Mil pavos chillando debe
ser un horror. Mu de moda el pavo, que da más carne que
un pollo y engorda menos. Mu práctico. Enga, a comé to er
mundo pavo. Criar matar comer cagar. Cagar un pavo entero con plumas y to. Si salen humanos por el coño, ¿por qué
no pueden salir pavos por el culo? Ojú, Pili, siempre con el
ano, qué repetía eres. Bartolo comía mucho pavo. Yo solo
si me daba mareo, que le mangaba una lonchita. Un tubér-
culo por día era mi dieta en ese momento. No era lo mejor,
mucho hidrato, pero era lo más barato y me daba la energía
suficiente pa tener el ordenador abierto y hacer clic clic clic,

mil euritos pa mí. Recuerdo que lo canturreaba y to como canturreaba mi madre amapola. Pensé en subir un vídeo a mis redes sociales haciendo la gracia, pero no, me dije: Pili, consÉntrate, no puedeh perdé ni un segundo. Y me preparé como quien se va de viaje y revisa la maleta cien veces: llaves cartera móvil bragas llaves cartera móvil bragas. Y en cuanto llegó la hora, en cuanto llegó el minuto de entrar en la página web de la Agencia y pinchar en Ayuda a la Creación Extraordinaria... ¡PLOF! Pantalla en blanco.

Colapso renovar blanco colapso renovar blanco colapso renovar blanco colapso blanco renovar blanco colapso renovar renovar renovar. Clic clic clic. Clic clic clic. Las horas pasan. Son las dos de la madrugá. Son las cuatro de la madrugá. Sale el sol. Hay luz en la calle. No tengo fuerza ni pa morirme del asco que siento y escucho a Bartolo prepararse un café, escucho a Bartolo comerse la tostá, escucho a Bartolo que se acerca chancleteando:

—¿Todavía sigueh pringá con eso?

—Hí. No hay manera. Está la we colapsá. Somoh mucha peña, demasiá.

—¿Hah probao con el Interné Ehplore?

—¿Cómo?

—Bueno, a mí ma ío bien con ese.

—¿Qué?

—Hí, anoche me metí dehpué de ve la tele y lo hice, pim pam.

Quiero levantarme y reventarlo a hostias. ¿Desde cuándo Bartolo es artista? ¿No trabajaba en una inmobiliaria? ¿Y si lo ha mandao él, cuánta gente lo habrá mandao ya?

Mierda mierda mierda, no puedo perder el tiempo. Me meto con el Interné Ehplore, y sí, Bartolo tenía razón. Pero cuando consigo subir to los documentos la página se vuelve a colapsar de nuevo. Esto no puede ser.

—¡Bartolo! ¡No me va!

Bartolo se ha ido. Lo llamo, no me lo coge. Lo llamo otra vez, no me lo coge. Le escribo un mensaje: *E consegio subirlo to pro cuan le doi a firma se me qda piyao tu sab xq?*

Pasa la mañana. Pasa la tarde. Llega la noche. Son las doce de nuevo. Escucho un tintineo metálico, el cerrojo que gira.

—¿Dónde coño hah ehtao?

—Pili, te relaha, a mí no mableh así, ¿eh?

—Bartolo, te llamao mil veseh. Ehta mierda no me va. Cuando le doy a firmá, no me va. Y ya he probao con to loh navegadoreh. Ehtoy desehperá.

—¿Tah dehcargao el Firmaha?

—¿Er qué?

—El Firmaha. Chiquilla, ¿eh que no te leeh lah base? Venía to bien explicao. Sin Firmaha no se puede. Te lo puede dehcargá de la mihma páhina de la convocatoria.

No hablo más con él. Me concentro en la tarea. Trato de no pensar en modos de estrangularle el cuello ese pelúo que tiene. Me meto en la plataforma. Vale. Hay un Autofirma y un Firmaja. ¿Autofirma es que se firma sola y Firmaja es una firma que se ríe? Bartolo ha dicho Firmaja. Vale, y ahora pone dos posibles archivos, con diferentes consonantes. ¿Esto quién cojones lo entiende? Me descargo los dos. Venga los dos. Va bien, el Firmaja se abre. Vale. ¿Y ahora qué?

¿Firma digital? ¿Que tengo que tener una firma digital? ¿Y eso qué mierda es? Bartolo está roncando. El mamonazo está roncando como un orco y yo no sé cómo coño se consigue una firma digital. Voy a su habitación, se me olvida que tengo un menisco roto y cruje y me hago daño y me cago en toíto sus muertos, abro su puerta y enciendo la luz:

—Bartolo, ¿cómo coño consigo una firma dihitá?

—Pili, lavín. ¿No ve que ehtoy durmiendo?

—Bartolo, rehponde, ¿cómo coññññño consigo una firma dihitá?

—¡Ereh mmmu tonnnta! ¡¿En serio no tiene una firma dihitá?! ¡¿Pero tú qué lee cuando lee lah cosa?!

—Mira, no me seah capullo. Sé útil. ¿Cómo consigo una firma dihitá?

—Tieneh que solicitarlo onlain, te dan un código, luego pideh cita en una oficina, vah a la oficina con el código, verifican to, te mandan a tu correo elehtrónico el certificao, te lo dehcarga y lo añade en la configuración de tu navegadó. Pili, eso tarda. No vah a conseguí la ayuda por tonta. Te conviene mah i haciendo la maleta que ponerte con lo de la firmita. Anda, déhame dormí. Apaga la lu y cierra la puerta.

7. Fondí

Manuela, ahora podrías pegarme una colleja, sacarme de aquí, sabes que la colleja siempre funciona. El torbellino se está desvaneciendo. Ya he recordao lo que no me gusta recordar, la parte más aburría de la historia. ¿Dónde estás, Manuela? ¿Estás cagando? ¿En serio? Qué tía, con qué facilidad lo hace to. A mí me duele el ojete, me tengo que tumbar, no puedo estar más sentá, sentarse está sobrevalorao, tumbá y de laíto es la mejor postura. Bocarriba el ano se queda aprisionao y suda. El sudor no va bien, escuece. Así, tumbá de laíto, después de ir a imprimir los papeles, de llevarlos a la Agencia en persona, de que me dijeran que había que mandarlo por correo certificao, de insistirles en que no tenía sentío alguno que lo mandara por correo certificao si estaba allí en persona, después de ir a correos y mandarlo por correo certificao, después de que me llamaran diciendo que el material recibío no era válido porque no estaba firmao y de que me confirmaran que igualmente no valía la pena subsanarlo porque ya habían adjudicao to el dinero, después de to eso y sin parar de pensar en la ruina en la que me había hundío la Agencia la Agencia la maldita Agencia, sin parar de pensar ¿qué más me puede hacer esta institución pa darme por culo?, ¿cuánto más voy a tener que soportar?, escribí en el Feibu:

ALGUIEN SE VIENE A KEMAR LA AGENCIA?

Lo escribí de laíto hecha una pelotilla estreñía mientras bicheaba fotos de colegas que estaban de gira. Viendo a la otra que habían puesto pa hacer de mí en el espectáculo coproducío por la Agencia en el que me dijeron que yo era irremplazable. De gira, estar de gira, girar, es lo opuesto a estar aquí, estancá. A mí me gustaba estar de gira. Me iría de gira ahora mismo, de rodillitas, por to los pueblos y pedanías de la España profunda, me bebería un copazo crema de orujo en cada bar y dormiría en to esos hostales que se llaman hostales por compasión. Aunque cualquier colchón era mejor que mi colchón, eso es así. De gira una no tiene muchos problemas, los problemas se quedan en el sitio. Una cuando viaja y va de teatro en teatro vive en un limbo espaciotemporal, no sigue el ritmo de vida de nadie. Y la de horas que pasaba en furgoneta, esas horas atravesando el salchichón que es la península ibérica solo se pasan rápido si hablas de tetas y nabos y coños y anos. Soy monotema, es triste ser monotema, pero así es, hay temas que siempre funcionan. Cuando giras y compartes cubículo durante horas viendo un paisaje verde, luego amarillo, luego gris, y la radio no funciona y se te duermen las piernas, lo mejor es siempre hablar de sexo y caca. El resto de conversaciones son forzás. Cuando me ha tocao viajar con alguien con tabús me he aburrío muchísimo, he tenío que hacer ruidos de tórtola. Porque una va en contra del ritmo mundial, un día estás en Cartaya y al otro estás en Lekeitio, comes menú de carretera y oyes cómo un camionero pide de postre dos conos.

—¿Cómo?

—Doh conoh.

—¿Cómo?

—Que quiero doh conoh.

—¿Un helado?

—Hí, doh conoh.

—¿Uno para usted y otro para su acompañante?

—No. Yo quiero doh conoh pa mí, doh conoh pa mí solo, ¿o no veh ehta barriga que tengo?

Y ves como el señor saca esa barriga camuflá por el mantel y la coloca sobre la mesa como un bistec. Y contemplas la escena como algo natural. Te acostumbras a ver la ruleta la suerte en la tele. Te acostumbras a cargar y descargar, a montar y desmontar, a pelearte con la camarera porque necesitas factura con los datos de la empresa pa la que trabajas y no te la dan porque dicen que eso no hace falta y tú le dices que sí, que hace falta, y ella te dice que no, que no hace falta, y tú le escribes los datos en una servilleta pa que te la manden por meil sabiendo que nunca llegará. Te acostumbras a perder días enteros en solicitar un aula pa ensayar o la participación en un festival que no sabes si te va a cubrir los gastos pa darte de alta. Te acostumbras a hacer de to menos bailar mientras piensas en eso de que solo querías bailar. Te imaginas a esas bailarinas que trabajan en grandes compañías y solo bailan. Solo tienen que preocuparse de medir su ingesta calórica y bailar. Bailar, que a ti te pagan por bailar, que has hecho un castin en el que ponía: Se busca bailarina. Pero al final estás cobrando por ir en una furgoneta y pelearte por una factura en un bar de carretera con esa vieja que tose sobre los chicharrones. Y compartes esa otra realidad con pocas personas igual de perdías que tú y de lo único que tienes pa hablar con esas personas es de esos temas tan entrañables. Y de ahí, del aburrimiento, de sentirte fuera de este mundo, pasas a la confesión y cuentas en la furgoneta esas cosas que no sabe ni tu pareja a la que tanto amas porque es la mejor del mundo ni tu mejor amiga ni por supuesto tu madre. Juegas al juego de decidir si follarte a Zapatero o a Rubalcaba o muerte y hablas de papiloma, de herpes, de almorranas, de cuernos, de deseos prohibíos, de sueños perversos. Esos temas son los que mandan y yo los aplaudo, peazo temas, mis favoritos. Háblame de escuirtin, de esa mujer a la que llamabas la Fontana di Trevi, que es lo más cercano a la Fontana di Trevi que voy a estar en la vida, de ese chaval que te confesó que nunca le habían comío el culo y tú sacaste la cara de entre sus nalgas pa decirle mirándole a los ojos: Es guay, ¿eh? Háblame de traumas infantiles, háblame de ese vecino que violó a tu prima, háblame de esa chica a la que no te pudiste follar porque olía a sardinas, háblame de tu sobrino que saltó desde el balcón y quedó como picaíllo pa hamburguesa, háblame de eso, que así dejo de mirar el vigésimo tercer castillo del vigésimo tercer pueblo con gusto. ¡Oh! Un golpe en mi coronilla. Manuela ha perdío la paciencia con los métodos suaves de pantomima y palabras y ha pasao a la acción. La colleja siempre me espabila, un golpe, eso me mantiene viva. Aunque estaba pensando en escatología, necesito más rato pa eso y necesito más rato con Pina. Casi lo había olvidao: Pina me ha visto el ano. Se me destaponan los pímpanos. Se me aclara la mirá. Ahí está, con sus ojos de toro embolao.

8. Efasé

—Venga, Pili, ya está, sal de ahí, que me quiero dormir. ¿Tienes una pastilla de las mías o no?

—No.

—¿Segura segura?

—Hí. Yo de tu mandanga no sé na.

—¡Me cago en Dios!

—Ese no tiene la curpa, Manuela.

—No vayas de graciosa.

—Vale vale.

—No me digas vale vale, cuéntame algo, a ver si de escucharte me duermo. ¿Cómo tienes el culo? ¿Se te ha rajado?

—Casi me corro.

—Anda ya.

—Ma sonreío. Le guhto.

—¿La Pina? ¿Otra vez con la Pina?

—¿Qué pasa con la Pina?

—Que eres muy pesada con la Pina. Que estás flipada.

—¿Por qué? Hi me sonríe, será por argo.

—No, Pili, no.

—Pero ¿a ti qué te pasa?

—A mí, nada. Te pasa a ti.

—¿A mí de qué? ¿Eh?

—Que te enteres ya que a la Pina le das exactamente igual, como le damos igual a todas las que vienen aquí a currar. Que si te sonríe es por protocolo, punto.

—Pero Manuela...

—Es que pareces tonta, Pili, entérate ya de que no se salva ni una, que este lugar es una mierda y punto.

—Illa, reláhate un poquito.

—No, relájate tú ya con el tema.

—No, tú, que no veah si tah puehto capulla de repente.

—De repente, no, que cada vez haces más gilipolleces y yo lo que quiero es dormir.

—¿Qué te pasa? ¿Ehtáh selosa?

—¿Pero tú eres tonta?

—Eh que nontiendo a que viene ehte mohqueo.

—Yo que voy a estar celosa, si a mí las tías me dan asco, coño, Pili, con lo que a mí me gusta un tío, que sabes que me da igual que esté gordo o sea más bajito que yo, un tío con su polla de tío.

—Vaaale vale vale, clarito.

—¡Vale vale ¿qué?!

—Hohtia, Manuela, ¿quiereh pelea o qué te pasa?

—No, no quiero pelea, lo que quiero es dormir.

—Pueh duérmete y te relaha.

—Que no digas más que me relaje.

—¿Qué pasa? Que sin la mandanga te pones capulla, ¿verdá?

—Pues me pone de mala leche sí, y me has jodido el sueño y cada vez te soporto menos con tus fantasías de niña chica.

—Pueh na, pueh adió, tú mira pallá y yo miro pallá.

—A mí no me digas dónde tengo que mirar.

—Pueh hah lo que te dé la gana, yo voy a mirá a la paré. Adió.

—Eso, que así no tengo que verte más el tic del ojo, que pareces mongola.

—Mongola tú.

—No, tú.

—Poh vale, yo, adió.

—Adiós.

—Adió.

—Adiós.

Hija puta, se quejará de falta de sueño, pero la tía ya está roncando, se ha dao la vuelta y pom. Yo también quiero hacer pom. No tener un ojo pillilli de mongola. Ahora tengo que guiñar mucho con el otro ojo pa compensar cuando lo que quiero es hacer pom. Con Pina seguro que hago pom. Porque haríamos el amor muchísimo y luego pom. Yo quiero que aparezca Pina con su bata blanca y sin na debajo, que se meta bajo la sábana y se deslice por mi cuerpo como una babosa y que hagamos poropopom. No. No me duermo. Voy a tener que dibujar. El rotulador lo tengo escondío en la funda la almohada, no me lo pueden pillar, es cogío prestao de la biblioteca. Ya se enfadaron conmigo una vez porque dibujé un peazo nabo gigante en el patio. Tengo que dibujar a escondías si no quiero que me den agua con lejía. Con separar un poquillo el colchón de la paré ya se ve mi obra maestra. Nabos a puntapala, coños que parecen cucarachas y ojos que también parecen cucarachas. Eso es to lo que sé pintar desde chica y no me hace falta más na, con esto ya tengo pa explayarme el resto de mis días. Algunos ojos son tipo manga, pero esos son un fracaso. Es que depende de la persona y cómo me pille, salen asín o asán. Los ojos de Manuela son mu fáciles, grandes y negros como los de cualquier toro. Los de Pina con las gafas me salen regular. Es mu complicao con la gafa. A Pina se le ven los ojos chicos porque es una peazo miope. Debe ser de esas que no ven ni la tele sin gafas. Si le aumenta la miopía en unos años la gafa le partirá la napia, pobrecita. ¿Se habrá fijao ella en los míos? El ojo de atrás me lo ha visto en to su esplendor, pero ¿los de mi cara?, ¿estos del color del agua turbia? Los míos los dibujo como los de un duende élfico mongolo que no entiende na, porque a veces no entiendo absolutamente na y debo expresar justamente eso. En el juicio los puse. En el juicio yo miré un punto y chao pescao. Na que hablar con esta cara. Mi abogá me dijo que pusiera justito esa cara. Que me callara y pusiera esos ojos, los míos de to la vida, y que si me daba el tic mejor que mejor. No hablamos del porqué hice lo que hice. Yo solo le pregunté que si estar harta, jarta o frita era un atenuante o eximente o como se diga eso. Ella me dijo que no. La picapleitos Serrano me dijo que estar harta, jarta o frita no significaba na. Que me callara y pusiera los ojos esos que me hacían parecer una subnormal, que eso me podría salvar. Y lo intentó de veras. Probó suerte con to tipo de excusas sobre mi persona: enajenación discapacidad demencia ignorancia sonambulismo depresión. Le faltó decir tonta. Mire usted, señor juez, es que la tía es tonta. Pero ella era de buenas palabras y claro, así no hubo manera, no coló ni una. Tampoco lo consiguieron con Manuela. Lo de matar a un hijo resulta tan desagradable que más que loca la califican de realmente maléfica, como una bruja de verruga en la nariz que come sapo crudo. Y Manuela es de buen comer, pero lo que tiene en la nariz es un pirsin, una argolla entre hueco y hueco, y por ahora no la he visto chupando lagartos. Dice que antes tenía otro pendiente en el frenillo de la boca que le parecía mu sessi, pero que el capullo de su exnovio se lo arrancó. Con ella es la única con la que puedo hablar de to, a las dos nos resbalan las temáticas como los mocos de un resfriao. Bueno, hablamos de to menos de lo suyo, de eso nunca hablamos. Sé que está aquí porque mató a su hijo de un año, pero no me lo ha dicho ella. Me lo ha dicho el doctor Dumont, que no le gusta a él que digan su apellido sin la T y yo eso lo respeto a muerte. Dumont es el otro, el otro médico, el de los fines de semana, que lo suelta to, es un auténtico boquichancli. Al tío le encanta darle a la lengüita, se salta to los protocolos, eso me gusta. Me cae bien, me pone, pero no tanto como Pina. Pina lo canea en cuanto a sessi. Al Dumont se le va lo sessi con tanto chisme. Él no cree que Manuela sea una matabebés, pero yo estoy segura que sí. Le pega, a Manuela le pega matar a un hijo, algo en su modo de respirar lo dice. Hay quien la pone de vuelta y media. ¿Qué sabrán? A lo mejor el hijo era realmente insoportable. Una madre debe saber cuándo su hijo no le va a traer na bueno a nadie. Es mejor matarlos cuando son pequeños que cuando son grandes y van al gimnasio y se creen dueños de cosas. Es más fácil, desde luego, pegar a un niño es fácil, por eso se hace, es superfácil. Así me han llovío guantazos a mí, porque no he rechistao, he lloriqueao mucho pero no he devuelto ni una. Aunque quizás Manuela mató a un superdotao que iba a elaborar una fórmula matemática revolucionaria y crear un túnel en el espacio y hablar con alienígenas y conseguir la cura contra el sida o inventar el chiste más bueno de la historia y que cada vez que alguien lo escuchara no tuviera otra opción que reírse y de tanta risa la gente no podría ir a trabajar ni comer ni follar ni pelearse y habría paz en el mundo o mejor, iba a tener un nabo gigante que le diese fama y dinero y podrían haber vivío de eso to la vida sin regumellos de ningún tipo, como dice la Amparo. No creo, duerme mu bien la Manuela. Aunque respira como si el oxígeno estuviese cargao de plomo, la tía duerme. Otra cosa que me da envidia de ella: que duerme como una piedra y ronca como otra que rueda. Consigue ahuecar el cráneo por unas horas, si no es de modo natural lo consigue con una píldora mágica y se queda tan pancha. Yo eso lo llevo fatal, las palabras no me dejan en paz. Joé coño palo por el culo to el rato qué pesadilla, pordió, qué seguía ereh, Pili, qué pesá ereh con el palabrerío malaje. Es deprimente que solo se vayan cuando me pegan o me corro. Cuando me corro, lo olvido to, casi siempre. A veces tengo que rozarme con la sábana mu fuerte pa que me duela un poco a la vez. Así se callan y yo me relajo y no me da tic en el ojo. El mejor momento pa experimentar es la noche, durante el día siempre aparece alguien que me corta el rollo, aunque a media tarde es cuando realmente me apetece. Por las noches Manuela no se entera de na y si lo hace, es discreta. Ella me deja meterme cepillos por el culo y yo no le pregunto por lo del niño muerto. ¿Ricardo? ¿Se llamaba Ricardo? A dónde va con ese nombre, como si fuera un noble. Qué más da, está en el hoyo, uno menos. Empiezo a perder la memoria, como las madres. Ya no me acuerdo ni de cuándo empecé a mamonear con el cepillo dientes. ¿Un año? ¿Ya? Ojú, creo que sí, que un año, o dos. Mae mía, solo llevo cinco, me quedan veinticinco y por el culo me los voy a hincar toítos. ¿Qué se supone que voy a conseguir en veinticinco años aquí metía? ¿Qué me voy a poner, a estudiar matemáticas ahora? ¿Escribir cuentos pa niños? ¿Moralejas? Lo único que me motiva es seguir metiéndome cosas por el culo. En mi vida he tenío tres grandes aspiraciones: ser bailarina, matar a gente y tener un ano enorme donde metérmelo to. No sé cómo sentirme con esta evolución de mi persona, pero así son las cosas. Es entretenío imaginar nuevos elementos con los que jugar. Antes no era de elementos random. De chica me rozaba con lo básico de peluche, muñeca o almohada, lo que hacen to las niñas. Ahora estoy en otra onda, entiendo a los que comen hierro y esas cosas. Como el hombre que se comió un avión, primero se comió un carrito la compra y luego un avión. Ese tiene el estómago de cinco centímetros de grosor. Dicen que es por un trastorno psicológico, pero yo estoy segura de que es puro aburrimiento, porque no tiene na mejor que hacer, a veces pasa. Hay gente que come barbaridades pa que luego le revienten el ano al hacer caca. Eso me angustia un poco, yo ya me hago mucho daño sin necesidad de comer bombillas. Yo no llego a ese nivel, yo solo juego, yo soy nivel pardilla en to lo de meterme cosas no orgánicas. Pero a este ritmo, si sigo así, antes de cumplir condena seré la puta ama en el tema y me tendrán que sacar de aquí pa que vaya a dar ponencias por el mundo diciendo: Foh, el cristá, ehquisito. Y el corcho, foh, un buen corcho siempre funciona. Por ahora me he frotao con to lo que tengo a mano. Sábana almohada botones peine Biblia, zapato rotulador. Con el que una noche pensé que sería buena idea pintarme el coño de negro por dentro pero no pintaba na y no sentí gran cosa y se me mancharon las bragas de tinta y no hay manera de quitar la mancha. El cepillo dientes ha terminao siendo mi favorito, el bote de pasta tiene gracia pero no tanta, untarme dentífrico sí, eso sí que mola, pero me reseca mucho y me fastidia las penetraciones. Yo lo llamo cepillarme el coño, que a veces froto y froto y sale espuma y sangre a partes iguales. Es de lo que más duele y lo dejo pa noches con crisis de insomnio severo. La cosa es que hoy me la he jugao demasiao, he querío ir más allá y de algún modo mi recto lo ha engullío y mal, mu mal. Como a los cuatro años, que me metí una caracola rosa por la nariz, aquello fue un drama. Sopla, niña, sopla o te tendremos que abrir el tabique nasal con esta pinza de metal gigante. Me pongo cachondilla de pensarlo, lo de la caracola no, lo del cepillo y la doctora. Seguro que tiene la espalda llena lunares. ¿Tendrá verrugas? ¿Y un tatuaje? ¿Tendrá una frase grabá en la piel? ¿O una quemadura? ¿Será grande? ¿Y una cicatriz? ¿Y el ombligo? ¿Será de los que se esconden? ¿Y si no tiene? Pina Pina Pina. Estos ojos que he dibujao no te hacen justicia. Pina, ¿qué pensarías tú de estas obras de arte mías dignas del cuarto baño del Luvre? Mi pequeño Bosco penitenciario. Ay, Pina. ¿Estarás en la cama pensando en mí, así como yo aquí pienso en ti? Me restriego el rotulador por las ingles, me rasco los pelos, me abro los labios y me lo dejo encerraíto como si fuese un perrito caliente.

9. Padechá

Me hubiese gustao soñar con un musical de animales. Un hipopótamo bailando y una jirafa cantando una sevillana o un pasodoble, me da igual. Pero he soñao que era Manuela con tres cabezas y seis ojos de toro embolao y que le metía los deos en el ojo a un bebé, luego lo ahogaba con la sábana y al final le rajaba la barriguilla y le metía un plato dentro. Ondulao, blanco, el plato típico de tomá puchero. No era cosa fácil, el plato era más grande que el bebé y el bebé lloraba y chorreaba sangre y yo con mis tres cabezas chocando entre ellas y los seis ojos de toro acojonao seguía intentándolo. No siento que haya sío un sueño agradable, pero tampoco una pesadilla. Tengo el cuerpo un poco raro y no es porque todavía no haya ido al baño, siento que hoy va a pasar algo, lo noto en la espina y en las bragas, que se me han manchao de negro por la tinta del puto rotulador, que me lo dejé abierto to la noche. Me tienen que dar un cepillo dientes nuevo, no pueden dejar que se me llene la boca pringue y un dentista les sale más caro seguro. Lo máximo que he estao sin cepillarme los dientes han sío diez días. Estaba de gira, olvidé llevarme el nesesé, no me quería gastar ni un duro y pensé: Ea, a ve qué pasa. En diez días mi boca creó un divino paté de untar ecológico total, me salieron llagas también. Me raspaba los dientes con las uñas, por suerte no soy de comerme las uñas, pero a los del fondo no llegaba, son muchos, muchos dientes en la boca, demasiaos. A veces siento que no me caben. A veces la mandíbula mete un chasquío que me deja sorda y ciega unos segunditos, a mi padre también le pasa. Creo que es la furia ahogá de mi bisabuela a la que le arrancaron to los dientes cuando era un moco chica. Fue al dentista y el cabronazo se lo arrancó to. ¿Y si el nota le hubiese quitao solo la mitad? En plan ¿uno sí y uno no? ¿Hubiese ligao con mi abuelo? ¿Hubiesen tenío a mi padre? ¿Hubiese nacío yo? Tengo ganas de ir al dentista, que me mire mu de cerca y me toquetee el boquino. El miedo a los médicos es lo único que no he heredao de mi padre, eso y lo de pegar a las niñas. A mí me flipan. Tú dame un hospital con su consulta, su sala de espera, su silla de espera, su revista de espera, su silloncito de piel que se echa patrás, su guante blanco que hace plas, su médico bueno con su bata buena y su caligrafía de escándalo, tú dame de eso y dame un cubo pa la baba que ya me tienes contenta pa rato. Pina Pina Pina. ¿Por qué te dan tanto miedo, papá? ¿Por lo de las amígdalas? ¿Tanto te dolió? ¿De verdá te las rebanaron con un cuchillo? Al pobre le dan pánico, yo por suerte no he heredao eso. Pura potra, porque las fobias se heredan igual que se heredan las orejas saltonas. Eso he heredao yo, la cara duende triste con unas orejas que asoman pa fuera queriendo ver mundo. No entienden que ellas no tienen que ver na, que ellas tienen que escuchar na más, que bien pegaítas al cráneo están más bonitas. Mis orejas rebeldes buscan la independencia y no me extrañaría que algún día se fugasen y me dejaran sola, si es que en parte las entiendo, ¿qué ganan estando conmigo? Cuando las niñas de mi clase de balé me pellizcaban hasta hacerme llorar yo ni me quejaba ni na. Porque la verdá es que nos metíamos mucha caña entre toas. Ninguna callaba y ninguna se escapaba sana y salva. A una por gafotas, a otra por ecuatoriana, a otra por guarra, a otra por pelirroja, a otra por fea, a otra por pelúa, a otra por mormona y a mí por orejona. Pero porque toas escudriñábamos nuestros cuerpos abiertamente durante horas y horas buscando la perfección y lo hacíamos mejor que cualquier máquina de rayos equis ultravioleta y suprawachinai. Toas queríamos el cuerpo ideal, ese cuerpo delgadísimo volátil flexible prieto suave afilao con las nalgas en forma de T. Al principio odiaba la forma de T. Me negaba a apretar el culo en las clases, me gustaba verlo en forma de U, relajao. Desde luego, así como iba a conseguir yo saltar, siempre se me han dao fatal los padechás y me costaba la vida abrirme de piernas en el aire con el tombé padeburé glisá granyeté. Saltar, en general, yo, fatá. Tendría que haber entendío desde pequeña que saltar es cosa de gente alegre y que yo no tengo tanta alegría en mí como para levitar unos segundos y estafar al alma humana. Por eso, en los saltos, reconozco que a veces me escaqueaba.

Pero no podía relajarme demasiao porque venía la Ceci y me clavaba la uña en el culo. Se dejaba la uña del deo meñique larga y puntiaguda a conciencia. Se justificaba diciendo que a ella le clavaban una aguja, que eso era muchísimo peor, que a veces se la dejaban clavá y tener el punto rojo en la media salmón era la mayor vergüenza. Pero toas preferíamos un alfiler a ese deo meñique con el roalito mugre debajo la uña. A mí me obligaba a dar la clase entera con una moneda cinco céntimos entre el pulgar y la palma porque, como mis orejas, el deo gordo siempre quería decir ola ke ase. Y la mano tiene que parecer la de una muerta colgando. Una gota de agua tiene que rodar desde el hombro hasta la punta del deo corazón, decía la Ceci con voz de ultratumba. Apestaba a tabaco y a alcohol como una auténtica bailarina retirá. Pero la Ceci no llegaba ni a eso. Era simplemente una maestra de conservatorio, una profe de balé, que eso es sinónimo de bailarina frustrá. Eso pensábamos las alumnas. Jurábamos con escupitajo no ser profesoras de mayor. Nosotras, o bailarina o na de na. Ni de broma íbamos a contribuir al sistema educación mediocre en el que estábamos metías. Nosotras queríamos maestras que nos pudiesen contar historias increíbles de sus actuaciones en la ópera de Parí, Milán o Nueva Yor, o una más alternativa de Bélgica o Berlín, de Madrí, por lo menos. Que nos contase cotilleos de los camerinos, líos amorosos, caídas, coreografías imposibles, pero no que nos pusiese un vídeo en la tele pa suplir su falta vivencia. Era con uveacheese y algún modernísimo deuvedé blu rai los viernes que la profesora estaba harta de nosotras cuando contemplábamos nuestro ideal. Una

Tamara Rojo a color, pequeña y precisa con un giro infinito, una Maya Pliseskaia en blanco y negro, embelesando a las masas con un gesto de su cuello, una Alicia Alonso que seguía interpretando roles de quinceañera a los ochenta y daba un poco de cosita, un Barisnikov que no puede ser más sessi, que salió de actor en la tele y to porque to lo hacía bien, o la diosa Silví Guillén. Esa rompió to los esquemas porque un día dijo: Maburro. Después de ser la primera bailarina en to los balés. Después de ser Carmen Yisel Cisne blanco Cisne negro Kitri Cenicienta Julieta y cualquier otro rol sobre los deos gordos de los pies. Después de aprenderse to las variaciones de fuetés y granyetés y padedó posibles y de hacerlo to tan bien: Maburro. Así de simple. Lo que ella hizo, eso, es algo imposible, ser tan buena bailarina de balé que te aburres, eso solo lo hace una diosa. Pero algunas de mis compañeras se aburrieron antes de aprender a estirar las rodillas, otras tenían padres que se aburrieron de llevarlas en coche to los días y otras simplemente fracasaron. Yo siempre he sío de la pandilla del fracasito, ese fracaso silencioso en el que nos movemos la mayoría. Nunca me llevaron a un certamen de joven talento ni me dieron beca pa ninguna escuela internacional, no recibí los elogios de ninguna maestra, ni siquiera fui la protagonista de ningún baile de fin de curso. Una vez salí al escenario la primera, eso sí, y justo antes de salir, Miguelito, el único chaval de la clase, me dijo: Ehtáh presiosa. Y yo, brillante como me sentía, irrumpí en la pista con un tanlevé, y de algún modo que todavía no atino a entender, rodé, hice la croqueta hasta la otra punta del escenario, me levanté y dije: ¡Ole! Mi padre por suerte no vino a verme y mi madre me dijo que nadie se había dao cuenta, que lo había hecho mu bien. Pero después Miguelito me dijo que su madre lo tenía grabao y que se lo ponía cuando estaba de bajona. Estas señales que me daba la vida yo tendría que haberlas escuchao, pero no, había un pepito grillo estafador dentro de mí que me decía que si me esforzaba mucho mucho mucho lo lograría. No sabía qué iba a conseguir exactamente, pero algo que fuera de bailar, que yo me iba a ir de casa, que yo me iba a ir mu lejos mu lejos mu lejos, y que yo iba trabajar en algo que fuera de bailar. Y pa eso simplemente me tenía que esforzar. Cada curso son más horas, más exigencias, más pamplinas, si hasta te pueden suspender porque no eres buena haciendo el piqui piqui. Yo siempre fui Apta, ni más ni menos. La que es Apta es Apta y la que es No Apta es No Apta y una niña sabe que No Apta es un vete pa tu puta casa, dehgraciá. Tus padres te compran donetes y te pringas los deos de chocolate derretío y comienzas a vivir la vida de cualquier niña que no sabe qué hacer con su vida. De mi clase yo fui la única que acabó el grado medio, la única que aguantó. Las otras se piraron desilusionás, entendieron que si a los dieciséis no las habían fichao en algún certamen no iban a bailar balé en su dichosa vida más que en un hotel o en un crucero. Pero yo seguí y con un cinco acabé el grado medio como la bailarina mediocre que soy, soñando con mi vida en un barco por las islas griegas. Yo fui la única ilusa, la única superviviente. Yo me tragué toíta la mierda como una buena garganta profunda. Según Daruin yo soy la que contribuye a la reproducción de la especie, la que permanece, pero tío, estoy en una cárcel con treinta años de condena. El máximo, a mí me dieron el máximo. Se supone que salgo de aquí con cincuenta y tres años. Daruin, miarma, dime cómo creo yo bailarinas de mi vagina descuartizá por el puto papiloma viru a los cincuenta y tres años. Reconozco que me gusta pensar en los nombres, me encanta pensar en los nombres de las hijas que nunca tendré. Angustias es mi favorito. Daruin, escúchame, Angustias se va a llamar mi hija y si tengo una segunda, se llamará Tuputamadre. Ojalá me pudiese reír, hacer un ja y quedarme a gusto. Sorprendentemente, hay gente que consigue reproducirse aquí dentro. Parece que el instinto procreador no lo anulan unos cuantos barrotes y muros y vallas de alambre con espinas. Tienes que tener al nota cogío por los huevos antes de entrar, una vez dentro, caput, como si te cortaran las trompas de Falopio. Y me pregunto yo que el Falopio lamecharcos ese quién es, que ha cogío el tío y le ha puesto su nombre a un cacho cuerpo como si fuese un tipo silla. Alguna ha intentao trincarse al doctor Dumont, pero ha sío un fracaso estrepitoso. Solo si tienes a un imbécil agarrao de antes y el tío no te abandona y tú sigues con la idea de que tener hijos es una buena idea, puedes seguir el juego de Daruin. Como la Irene, joé, la Irene está preñá y va a ser madre de un bebé que se va a criar en una zona que hay aquí pa esas cosas. Una cárcel chiquitita dentro de otra, como la habitación de los cojones, como las muñecas esas rusas que dan montón de grima. Cuando estimen que se acabó la fase amamantamiento, a Irene le quitarán al bebé como a una vaca le quitan el ternerillo pa comérselo, se lo llevarán al padre y si tiene suerte, vendrán a visitarla una vez por semana. A veces se lo folla, es mu raro que eso ocurra, pero ella de vez en cuando tiene un permiso pa eso. Follarse al padre, al hijo no, no lo ha parío aún, además eso está prohibío y debe ser complicaísimo. ¿Cómo hacen las pederastas? ¿Se meten la manita bebé en el coño? No. No quiero visualizar eso. Además, Irene no creo que vaya a ser una violabebés, parece que quiere mucho al que carga en la barriga, y parece que al nota ese también. Eso dice, que le quiere y que le pone tocarse detrás del cristal a través del que se ven de vez en cuando. Si hay gente que se mete en trajes de látex al vacío y se deja magrear, lo del cristal no debe ser mala cosa. Ojalá alguien me hiciera visitas eróticas. Me gustaría probar. Me gustaría que alguien me mandara cartas de amor con algún dibujo guarro, fíte tú qué poco pido. Unas llamadas telefónicas también me valdrían. Si no pasa pronto, seré más pura que sor Ángela y sus amigas. ¿Qué hacen las monjas de clausura realmente? ¿Se masturban entre ellas? ¿Se meten en el coño la patita del niño Jesú? ¿Eso sería pedofilia? ¿Soy yo zoofílica por haberme restregao con el osito peluche cuando chica? Quizás si me dedicara a hacer mazapanes y galletas de almendra como las monjas, sería to más llevadero. Ahora que mi físico ha pasao a un segundo plano, con fe y devoción, por Dios, me lo podría comer to. Contemplaría con alegría cómo se reblandece mi carne, se ensanchan mis estrías y se me pudre la boca. Padre nuestro que estás en el cielo, santificao sea tu ano, bendice mi cuerpo, dame azúcar y déjame tranquila, amén.

10. Piqué piqué

—¡Venga, arriba, es hora de levantarse! ¡Ducha a las ocho y desayuno a las nueve!

Es la Cisne, que ha escuchao mis plegarias. De lejos se ve que es la típica a la que se le llena la boca semen por dar órdenes. Tuvo que ser una verdadera patita fea, le han debío llover hostias de pequeña como a mí. Pero yo sonrío y no grito; gritar, nunca. Bueno, a veces, pero no de primeras. La Cisne es que es demasiao estirá, no se relaja, no disfruta de su labor de funcionaria. Un día le pregunté si estaba tan tensa porque padecía de piel corta. Me dijo: ¿Perdona? Y yo le expliqué que las personas que padecen de piel corta solo consiguen abrir el ano cuando cierran los ojos y viceversa, por lo que en ese preciso instante pa tener los ojos así de abiertos debería estar haciendo un esfuerzo enorme por mantener el ano cerrao. Hubo un silencio de cinco segundos que la Cisne disolvió con un porrazo. Un porrazo en mi chota y unos cuantos segundos de apagón cerebral. Se supone que la mejor manera de romper la tensión es la risa, una carcajá, mucho más sano. Pero aquí las funcionarias han olvidao cómo se hace eso de reír. Como yo. Quizás las seleccionan así, el examen de funcionaria de prisiones es aguantar en una sala con otras funcionarias contándose chistes con carita mierda, o les ponen vídeos de gente tropezándose y eligen a las que ni parpadean. ¿Quién no ríe una buena hostia? Quien no ríe eso es que no tiene alma. Desalmás. Son un castin de desalmás. Quizás es lo que me hace falta pa sentirme un poco mejor, ver a alguien tropezarse y partirse la napia. Quizás tengo que preparar algún tipo de accidente, aunque lo bonito es que sea fortuito. Podríamos practicar caídas juntas. No hacer terapia grupal de mierda: Hola, zoy Zuzana y zoy cleztómana y me pillaron robando bragaz en el Intimizimi. Ese rollo no. Caernos en slou moushon, chocarnos con sillas, bailar a destiempo, sorber zumo con una pajita por la nariz, chupar limones. Podríamos enseñarnos técnicas de masaje clitoriano perianal anal, eso me gustaría mucho más que chupar limones. Podríamos convertirnos en expertas testeadoras de vibradores locos, yo sería conejillo de Indias de cosas de esas hasta que me estallara el coño. Mi coño como sello de calidad. Testeado por Pili. Si Pili dice que es bueno, es que es bueno. Buena mierda bai Pili. Los coños de la cárcel de Alcalá de Guadaira como garantía de producto sexual gurmé top top top. También podríamos hacer noches de terror. Contar nuestras historias como nos diera la gana con una fogata enorme y tirar a alguien dentro, a ver qué pasa. Podríamos hacer de este sitio un puto paraíso. ¿Quién cojones se enteraría? Si nadie mira las cárceles, si a to el mundo le damos igual. ¿Por qué no? Hasta las desalmás se lo pasarían bien, se les pondría mejor cara. No la que tienen, que parece que en vez de lengua tienen un zurullo, que se les cuela la gotita diarrea por la comisura. ¿No estamos aquí dentro ya cumpliendo condena? Pues quitad esa cara, pordió, que os hace mal, os crea surcos en la piel, se os va a quedar la cara anal, cara anal pa siempre. Toas aquí dentro hemos pasao ya un juicio de mierda, los reproches, los insultos del sistema burocrático judicial social administrativo procesal industrial y gonorrea pa toas, ¿en serio aquí dentro tenemos que aguantar esa cara de ano to los días? Me pone de mala leche, me lo noto. Aprieto los dientes, chirrían como cochinillos hambrientos. Aunque ahora lo llevo mejor, sí, mucho mejor. Cuando llegué no había filtro, era una cascada de ira. He pasao to mi vida callando, asintiendo, diciendo sí sí sí, participando pasivamente de to acto de violencia y cuando por fin me libero, me meten aquí. Pero eso no soluciona na. Meter a una persona en un sitio feo no soluciona na de na. Podría ser más bonito. Con mu poco, ya sería más estimulante. Con pintar una pared de lunares de algún color que no sea gris ya ganaría mucho el sitio. Un cuadro del Ikea valdría. Valdría hasta la foto del puto puente de Uisconsin o Bruclin o lo que sea que cuelgan en to los hostales. Valdría el dibujo de un árbol hecho por un niño llorica. Si es que podrían hacerlo con mu poco dinero. Que nos dieran unos espráis y nos dejaran hacer un grafiti. Un puto arcoíris nos saldría bien. Lo haríamos con una sonrisa. Pero ni de coña, aquí eso no. Aquí siguen con el rollo católico de cama y pared, venga, encuentra tu alma, purifícate mientras te petrificas, habla con Dios, encuentra el espíritu divino, sigue la luz, el sendero del bien, encuéntralo tú a solas mirando esa esquina gris. Yo intenté hacer de este un lugar más agradable. Pinté en el muro del patio un peazo nabo bien grande y pelúo y chorreoso y mis compañeras se partieron el culo, pero las aburrías me riñeron y me hicieron borrarlo. Lo que no saben es que hay más de un recoveco en el que he dibujao otras cositas, siempre hay un rinconcito en el que pegar un moco o hacer un dibujo a lo fristail. Debajo de las mesas del comedor, en las escaleras que suben a la sala de limpieza o en la barandilla mismo, siempre por debajo, siempre en un lateral, en un espacio donde la vista de halcón no llega. Como en el borde de mi cama, mi pequeño Bosco penitenciario. Quizá saben que no sirve de na, que la belleza no sirve de na. Que ni haciendo de este un lugar con encanto conseguirían cambiar mi modo de pensar. En un buen sofalito pensaría más cómoda, eso sí, y con un buen cafelito, así pensaría las mismas cosas, pero a gustito. A gustito, como cuando me metía debajo del ala mi madre pa llorar. Seguía odiando a mi padre, pero lloraba a gustito, apoyá en la teta blanda de mi mamá. Arropá por su brazo blando, su olor a romero, que le gustaba mucho a ella el aceite de romero. Pero aquí estoy sin Mamá Pato, apretando los dientes, reventándome la encía. Es morderme yo o morder a otras, como hacía antes con la esperanza de contagiar mi rabia a la que se interpusiera en mi camino. Desde que me encerraron aquí soy una perra rabiosa. Ya no hay marcha atrás, la rabia no tiene cura. Si abres la caja de Pandora, la abres. Si se derrite el polo, se derrite, y la Tierra se enfurece, se calienta, se expande, se revuela y forma un tsunami que arrasa sin piedad, arranca palmeras de cuajo, destroza hogares y aniquila a to esas familias que no han hecho na malo más que nacer en un lugar del planeta. Ojalá fuese un huracán, un tornao tiburones, una horda orcas, una maná búfalos en estampía, una cola ballena prehistórica. Al final soy una masa mierda envuelta en piel humana que se calma porque le dan hostias. Porque a veces no hay ganas de llevarse una hostia. A veces sí, pero otras no. Otras solo quiero estar debajo un ala pato. Cuando entré estaba en la cresta la ola, cada vez que una de estas tristes me hablase mal o me diese una orden yo les decía: Yo hago lo que me da la gana. Y a veces escupía, al suelo o a la cara, según el ánimo. Entonces ellas me pegaban y yo respondía a mordiscos, repartía mi rabia por cualquier atisbo de piel a mi paso. Como una salvaje, como mi madre el día que me parió, como un jabalí del inframundo. Hasta que me inyectaban algo o me daban el bimbazo que me dejaba cao. Eso me causó durante meses condenas de aislamiento. Un honor que te coloca en la lista de las influensers villanas. El puto fiet o fise o como quiera que se llame. Me lo explicó Malika. Es un régimen especial, eso dicen, una cosa que no tiene cobertura legal y que sirve pa joer la vida un poco más, ya que parece que eso siempre es posible. Yo soy una persona especial por violenta. Malika lo es cada vez que asiste jurídicamente a otra presa. Porque Malika es abogá, controla de leyes, entiende to esos papeles que nadie entiende. La tacharon de terrorista por un libro clandestino que decía algo de que se muera el Estao y su puto padre y aquí dentro que se va a pudrir conmigo. Desde luego ser de origen marroquí no le ayuda, la mujer lo tiene to pa que le den por culo. Además, la tía se pone el hiyab, eso joe muchísimo. Un día me vine arriba, le dije: Enséñame, Malika, ponme la cosa esa como tú te la pone. Y me puso un pañuelo de seda que ella tiene y me recogió el pelo y me tapó el cuello. Me gustaba el rollito hola-tengo-cáncer que me daba, me quedaba bastante bien, ella también lo opinaba, y sentía que me convertía en otra persona y eso me gustaba también, además, es mu cómodo, porque si tienes el pelo lamioso comío mierda nadie lo ve y te ahorras el lavao. Pero mi nuevo luc ameisin duró solo unas horas. La Topo me dijo:

—¿A dónde vas así?

—¿Perdona?

—Digo que a dónde vas así, pareces subnormal.

—¿Cómo lo sabeh? ¿Mah vihto con el ohito deresho o el ihquierdo?

Y me llevé el golpe y se cayó el velo y yo lo cogí pa metérselo por la boca y ella me pegó más fuerte y sacó una mierda de esas que dan calambres y acabé sola de nuevo en la habitación. Ya está, lo tienen fácil, cuando les molestamos, nos aíslan. Cuando nos defendemos, nos sentimos un poco juguetonas o reclamamos algo, a la habitación, a hablar con Dios. Mira esa paré, qué bonita é. Eso no lo tienen que justificar ante nadie ni na. No hay juicio pa eso, no hay un control burocrático de esos que les gustan tanto a las autoridades que se masturban con libros de cuentas. Como mucho, rellenan un papelito que dice algo como chica mu especial y nos meten en una habita sin na, sin ventanas, sin contacto alguno, durante veintitrés horas y media. Pero a veces parece que se les olvida que estás ahí metía y te dejan unos minutillos más, a veces horas, a veces días, a veces una semana. Todo depende de lo especial que seas. La primera vez se te cae un ojo, la segunda el clítoris y la tercera puedes jugar a la comba con los intestinos que se te han salío por la boca. Ya hace mucho que no voy, creo que un par de años. Ahí comencé a meditar seriamente, a intentarlo. Bartolo meditaba y yo me reía de él. Se ponía sobre un cojín con una mantita pelúa como él y meditaba durante una hora. Qué mehó transe que bailá, le decía siempre. Meditá eh de floha, le decía. Si tuviese una máquina del tiempo no me reiría, no porque ya no sepa reír, sino por respeto. Respeto total. Concentrarse en las fosas nasales no es ninguna tontería. Sentir el aire que entra rozando las paredes más pegás al tabique y el aire que sale rozando el cartílago que lo cubre. Eso rellena muchas horas de aburrimiento. Aunque siempre será mejor bailar. Con tanto tiempo de vacío conseguí crear mi primera coreografía contemporánea, digna de un videoarte museístico, a la que he titulao: Movimientos para una sábana en habitación deprimente de un centro penitenciario. Empiezo desnúa, enrollándome en la sábana como un kebab, y cuando estoy bien atrapá, me retuerzo y hago ruidos guturales con vocales abiertas, poco a poco salgo del durum y relajo la cara tanto que se me cae la baba sola, cuando la baba llega al suelo comienzo a mover los brazos y la sábana se mueve conmigo formando una mariposa jurásica, en la cincuenteava brazaílla mariposil me dejo la sábana colgá sobre el cuerpo como un traje griego romano y reboto como una pelota hasta que se cae la sábana llena baba y sudor, freno en seco y echo la vista al frente con mirá enigmática egipcia durante el máximo tiempo posible sin parpadear, entonces sorprendo repentinamente con taconeo africano flamenco sobre la sábana con un gran crechendo hasta que me dejo caer en la cama y me masturbo y convulsiono y me muero. Estoy orgullosa de este baile, me entretuvo bastante. Eso y arrancarme los pelos uno a uno. Uno a uno se van muchisísimos pelos. Los del coño y el ojete son los que más duelen; a más dentro, peor. Me los guardaba pa cuando me dejaran salir y se los colaba por la nuca a alguna de esas que me miran mal. Eso me hace sentir bien. Lo que no me hace sentir tan bien es cómo nos manipulan, cómo nos dicen que este tipo de tratamiento va a ser un refuerzo positivo. Lo de positivo que se lo metan por el culo. El planteamiento está mal de base, ya se lo he explicao más de una vez, si tanto les molesto, que se metan ellas en una habitación a hablar del tema durante una semana, que jueguen a las casitas y se hagan trenzas en los sobacos y me dejen en paz. Mis compañeras no se quejan y al final con quien convivo es con ellas, ¿no? Pues hostia cojones su puta madre palo por el culo. Que se vayan, que aquí montamos un guateque entre nosotras y nos apañamos. Que yo no quiero ser ejemplo de nadie, que no me usen a mí pa asustar a las demás, que no que no que no. El no hagas esto porque si no mira, como ellas, una vida de mierda. ¿Eso qué mierda es? Menuda panda imbéciles. A to esas personas que se reunieron y pusieron normas y dijeron esto sí y esto no, a quien sea que haya numerao una serie de cosas y las haya escrito en una piedra o un trozo papel, a to estas que les encanta decirnos cómo hacer las cosas, las invitaría amablemente a que practicaran la figura del ciempiés humano, culo boca culo boca culo boca, to bien cosío y sellao. Y a las que les hacen caso, las que piensan: Oh sí cuánta razón me superencanta qué segura vivo así con to estas normas que me ayudan en mi vida genial y soy mejor persona y el mundo es un mejor lugar así con normas chachiguai. A estas les recomendaría que alargaran el deo corazón y que se lo guardasen en un lugar calentito llamao ojete, al menos se sentirán bien una vez en su vida. Y a las demás, a las que se cuestionan cosas, a esas les plantearía que dejaran de cuestionarse tantas cosas porque pasan cosas y na más que le están dando vueltas a las cosas como un microondas y los microondas dan cáncer, que eso lo escuché yo una vez que lo dijo una que sabía mucho. Y a las que les molesten mis recomendaciones, que se rebelen, que me manden a la mierda, que me digan: ¡Pili, na mah que dise hilipollese, vete a la mierda y métete el deo en el ohete tú! Y yo ya veré lo que hago. Y a las que sienten un bicho dentro, que están hartas, jartas o lo que sea, que se venguen, que la venganza es crema pastelera. Que yo por lo menos lo intenté y si toas lo intentáramos, conseguiríamos grandes cosas. Que hice caso a mi corazón, a mi odio, y por un rato fui feliz. Por unos instantes sentí esa cosa que se llama esperanza y que da vergüenza al decirla en voz alta. Lo pienso y me da un ligero escalofrío. Ese día cambió mi vida y es de las pocas cosas que todavía recuerdo al detalle. Algunas se creen que me lo invento, pero no, no lo hago, ¿pa qué me voy a inventar na? ¿Qué gano yo mintiendo a estas alturas? Repito una y otra vez las mismas palabras y me regocijo en el camino. Cierro los ojos y viajo en el tiempo.

11. Rondeyán

Apago el despertador antes de que suene, no me hace falta ninguna clase de aviso pa saber que es la hora. No he dormío na, cero, tengo los ojos abiertos como platillos volantes, soy un alien, soy la de Mars Atac. Por mis venas ya no corre sangre, es otra sustancia la que me desliza de la cama y me pone en pie. Es otra mujer, más fuerte, que no quiere comer ni cagar, más segura, que no se mira el culo en el espejo antes de meterse en la ducha, a la que no se le corta la respiración por el agua gélida. Me seco con esa calma, impoluta. Tengo el vestuario perfectamente colocao en la silla. Primero bragas, sujetador, calcetines, to blanco. Luego, los pantalones blancos y encima, el camisón celeste. El típico traje limpiaora, el básico que venden en cualquier tienda uniformes por veinte euros que cogí prestao sin preguntar. Sería la limpiaora más limpia del barrio si no fuera porque me he puesto mis zapatillas, las únicas que tengo, que arrastran to la roña callejera de estas aceras en las que se fríen huevos en verano. Me recojo el pelo con una pinza. Perfecto. Cerillas bridas gasolina tijeras cerillas bridas gasolina tijeras. Las tijeras de Bartolo, las buenas. Está todo. Salgo a por la bici al patio trasero, al que se accede por una puerta mu bajita con la que me suelo dar un golpe en la coronilla. Hoy no, hoy saco la bici suave, sin chichón. Es lila, tiene el sillín demasiao bajito pa mí. Me la regalaron grande, pa cuando creciese, pero calcularon mal, crecí demasiao, y por eso pedaleo como una cochinilla. Noto en mi rodilla una ligera molestia, pero bien, voy bien. Llevo diez litros de gasolina, no pesan. Dos garrafas, una en la cesta delantera, otra en la mochila a mi espalda. Hacen que me tambalee un poco, pero no pesan, voy bien. El viento sopla, me gusta, me llena los pulmones de dióxido carbono puro. Paso por delante la Basílica la Macarena, pienso en mi madre, miro a la Virgen, su retrato, y veo cómo me guiña un ojo. Gracias, Maca, siempre has sío mi favorita. La gitana que vende romero en su puerta me dice: ¡Guapa! Le respondo: ¡Guapa tú! Me replica: ¡A ti no era! Y le respondo: ¡Vale! Sigo por el carril bici y cruzo el Guadalquivir por el puente Barqueta. El agua tiene un tono más verde que nunca. Un pez salta, mueve la cola. ¡Plof! Oigo to con nitidez. Oigo a los piragüistas contar: Uno dos uno dos. Tritones y sirenas que me dicen: Buenos días, Pili. Les lanzo un escupitajo y ellos abren la boca pa recibirlo. Paso por la puerta Isla Mágica, donde un pirata me puso cachondilla el día de mi primera comunión. Me enseñó su garfio y yo me hice pipí del susto y del gusto. Esto lo hiciste bien, Jacobo, gracias por eso, gracias por llevarme al Iguazú y al Orinoco y girar los barriles con to los primos dentro, aunque luego me dieras un galletazo por enseñarle las bragas al primo Gerardo, ese día lo pasé bien. Al otro lao está el teatro donde vi una bailarina con tacones rojos pateándose la chota sin descanso. Arqueaba la espalda en un cambré y lanzaba la pierna en arabés hasta encontrarse el tacón con el cráneo. Lo hacía una y otra vez, una y otra vez, como una peazo bruta, y nos daba risa y grima al mismo tiempo. Tuerzo a la izquierda. El hotel caro donde se alojan los que vienen a hacer cosas de dinero que nadie sabe qué son. Cosas que parecen mentira, tapaderas de orgías satánicas en las que se tatúan esvásticas bajo el efecto de la ayahuasca y comen testículos de cabra. Un edificio grande tras otro, solo asfalto por medio. Así es to esta zona al otro lao del río, una ruina sostenía desde la Expo del 92. El año del confeti, los zancudos, las fuentes, las carrozas. El año de Curro. Eso fue un fiestón del que todavía hay resaca. Dieron mucho dinero a unos cuantos arquitectos que ya tenían mucho dinero y crearon un edificio tras otro pa llenarlo fantasía y taladrar un bujero negro en las arcas andaluzas. Ahora es una ciudad posapocalíptica. Un zombi puede aparecer y chuparte la oreja en cualquier momento. Zombis como los que bajan del autobús pa entrar en la Escuela de Ingeniería, por donde ahora paso. Estudiantes juventud comer cagar dormir follar. Me estoy acercando y sigo pedaleando con la misma calma, la marea de muertos vivientes se abre ante mí como el mar Rojo a Moisés. Gracias, queridos hermanos, pronto os daré una excusa pa salir del aula. Cruzo una explaná de naranjos separaos los unos de los otros por un poco más de asfalto. Casi to las naranjas han caío, están por el suelo, han rodao pa unirse y formar un corazón. Bum-bum bum-bum. Una paloma revolotea sobre mi cabeza. Es blanca, impecable, y tiene las plumas mu abiertas, hacia arriba, como una corona. La reina de las palomas caga sobre mi cabeza oreja hombro. Gracias, compañera. Es buena suerte, es un escudo protector. Paso por debajo del puente los escaladores. De las personas con pies gato y manos salamanquesa. Algunas cuelgan bocabajo, otras van de lao. Aplauden, sueltan polvo blanco de sus manos blancas del magnesio, se forma una nube blanca en torno a mí como si fuera una estrella del roc. Le doy al timbre, pero no funciona. Ya veo mi destino: el estadio. Demasiás mañanas he pasao en este lugar donde la Junta metió to lo que no sabía dónde meter. Como el Centro Coreográfico Andaluz, que antes estaba en un edificio mu bonito, pero se rajó por viejo, por falta de cuidao. Como el conservatorio, que está deprimío, otro edificio de otra Expo más lejana. Edificios donde las losas caen, los techos lloran sin parar y las grietas de las paredes se tapan con un brochazo blanco pa que no se las oiga gritar: ¡AYUDA! Rodeo el estadio. Busco la puerta M, obviamente es M de Mierda. Al fondo de esta explaná olímpica, en estos reductos de ciudad antes de la autopista, se establecen puntos de cruisin. Aquí puedes practicar el trenecito con varias personas o hacerte pajas de lejos que no son cuernos, como decía Bartolo: Paha de leho no son cuenno. Un hombre me mira bajarme de la bici, mira cómo la ato junto a las demás, me examina. Hay cuatro personas que han venío hoy en bici a trabajar, eso es que quieren perder unos kilitos, nadie que aparque aquí una bici tiene esa bici porque sea el transporte más barato después del de andar. El señor está justo debajo de la M, esa M grande y verde donde se esconde la Agencia. Con chaqueta y sin corbata, con tripita de felizmente casao. La marmota que me mira royendo su nuez asoma las paletas y farfulla: Fuenof díaf. Y mi rodilla mete un rakatá y provoca una ola de ácido en mi estómago que llega a mis encías y cierra mi ojo izquierdo.

12. Tandí derrié

—Has vuelto a entrar en un bucle, venga, Pili, que te vas a quedar majareta, sal de ahí.

—Coño, Manuela, no hase farta que me deh la colleja tan fuerte. Que masusto y me da el ti del oho.

—No te quejes, que lo hago por tu bien, y por el mío, que no veas el mal rollo que das, que tú entiéndeme que no es agradable compartir cubículo con un bicho raro como tú, que no veas anoche si me la liaste con el cepillo, que no pude dormir una mierda por tu culpa.

—Veo que tah dehpertao de buen rollito.

—¿Cuándo he sido yo agradable, Pili?

—A veseh ereh mah simpática, Manuela, anoche ehtabah tú hilipolla perdía.

—Bueno, pues ya está, siempre yo, lo que tú digas, venga, venga, vamos a dejar el tema de quién es más gilipollas de las dos. Y deja el ojo.

—Lo del oho eh tu curpa.

—¿Culpa mía tu cara de mongola?

—Ohú, qué pesá ere. Mongola tú. Que sabeh que lo paso mal con lo del oho.

—Venga, vale, ya está, ya paro. ¿Quieres que te busque un parche? Un parche para ti y otro a conjunto para tu amiga la Topo, si al final os vais a parecer y todo.

—Qué cacho mamona ereh.

—Sí, pero tú más. Venga, vamos a salir de aquí antes de que nos metan una voz. A la ducha, ojito mío.

Qué manía con ducharse, caraho. En la vida me he duchao tanto como aquí. To los días a desnudarse y a enjabonarse. Es mucho gasto, ¿no? Podría ser opcional. Que la que quiera ser guarra lo sea y la que no, pues no. Aquí to los sobacos huelen al mismo jabón tipo familiar sin aditivo de coco ni vainilla. Nuestros coños huelen a jabón barato de hostal barato. Sin aloe vera ni aceite de argán ni de almendra ni de aguacate ni de romero como le gusta a mi madre. Lo bueno es que hay montón de mujeres en pelota picá, y me gusta ver quién tiene la teta más colgona o el coño más pelúo. Por lo demás ducharse es mierda, aburrimiento puro. Nuestros cuerpos ordenaos repiten la misma coreografía debajo el agua una y otra vez una y otra vez una y otra vez. Se podría decir que es una versión altamente lamentable del Lago de los Cisnes. Con toas alargando el ala pa enjabonarnos al unísono. Estirando el cuello de dos en dos pa enjuagarnos la cabeza. Levantando la pata en canon pa que nos entre bien el agua en la entrepierna. En este balé hay un cuarteto dificilísimo. Cuatro cisnes van agarrás de las manos y de lao se desplazan con minipiqués y padeburés e incluso padechás. Cualquiera de estas lo intenta y se escoña como se escoñan las patinadoras artísticas sobre hielo cuando van a hacer el triple salto de la muerte con tirabuzón de la muerte total y pom sobre el hielo duro con escurrida eterna y sangre y lágrimas y la música sigue pero a la vez hay un silencio total, ¿se levantará? ¿Cuántos huesos se habrá partío? ¿La ha palmao? DEP y to el mundo en chop. Con una caída así ya tienes a to el público contigo. Sería una buena manera de empezar el día. Hoy podría escoñarse alguna. No hace falta palmarla, con partirse la napia me vale. Quizá así me río un poco. La duda es cuál de las bailarinas debería tener un pequeño accidente improvisao. Sería leve y sería por salud mental. Le pregunto a Pura:

—Oye, ¿hay arguna nueva?

Pura está mu puesta en el tema, quiere ser la amiga de todas, se cree que haciendo buenas migas consigue puntos pa salir de aquí:

—Aro, shosho, ¿no tah dao cuenta? Ehtáh empaná, Pili, llegó una tanda hace poquillo, mira, la que eh doh mil peheta vieha, esa eh Hertrudi, esa mató al marío con una sopa de lehía, la que eh mah negra que yo, esa eh Dana, esa eh otra de la droga, y a ve, que no veo bien, hay mah... Mira, la rubia bote que ehtá al lao de Belinda, esa eh María, no pinta que vaya a ehtá mucho por aquí, intentó atracá un chino con una pihtola mentira.

Tiene un tatuaje en la nalga. Un duende clavaíto a mí sentao en una luna pescando estrellas. Ese tatuaje se merece una pequeña caída. Pura me sigue explicando quién ha entrao y quién ha salío, pero yo ya tengo el objetivo clavao en el duende culero. Además, no me gusta saber quién entra y quién sale, no quiero, me mosquea, me irrita el tema, me duele dentro, y no tengo necesidad alguna de ser la presa ejemplar colega de las nuevas que se hace pasar por tu amiga y te ayuda a integrarte en este infierno. No quiero más nombres, no me caben. Yo quiero una caída, no quiero una amiga. Espero a que duende culero termine de hacer su pequeño solo en esta inmensa coreografía. Me coloco en el punto clave de su trayectoria. Cuando pasa justo por detrás de mí, hago un pequeño tandí en cruasé derrié.

Pom.

Dios mío, qué rodillazo se ha metío. Ha caído de rodillas y después de barbilla. ¿Pero no puede usar los brazos o qué? Hostia, que le falta una mano. La que tiene entera no le ha servío de na. Qué tía más torpe. ¿Y de verdá intentó atracar un chino con una sola mano? Eso es de valorar, pero compi, lo siento, te ha tocao, no haberte tatuao un duende en el culo. Ojalá alguien lo hubiese grabao con un móvil. Esta caída ha sío mucho más patética que la de cualquier patinadora artística. Oigo alguna risa, pero qué fracaso, no es la mía.

—¡Hija de puta!

—¿Cómo?

—Sí, ¡tú! ¡Que me has tirado tú!

—¿Yo?

—¿Qué coño te pasa a ti? ¡Tú no sabes quién soy yo!

—María, ¿no?

—¡Sí! ¡María Salazar! ¡Y te voy a matar!

Se intenta incorporar, pero se escurre y se vuelve a caer. María Salazar, estás sembrá. Interviene Pura calmando las aguas, qué bien se le da el teatrito de la amistad:

—María, venga, tranquila, que seguro que ha sío sin queré. ¿Verdá, Pili?

—Poh claro, yo estaba hasiendo cosah de bailarina y has sío tú que tah shocao con mi pienna, tieneh que tené mah cuidaíto, María.

—¡Guiñando el ojo encima! ¡¿Pero tú quién te has creído que soy?!

Se incorpora un poco, pero se vuelve a resbalar y por el camino se lleva a Pura al suelo. Este es el mejor Lago de los Cisnes de la historia.

—¿Qué pasa aquí?

Menos mal que interviene la primera bailarina.

—Cihne, yo creo que la nueva tiene la ansiedá típica de nueva y ehtá mah violenta de la cuenta.

—¡La hija de puta esta me ha hecho una zancadilla y me he reventado la barbilla!

—Eso eh una mentira horrorosssa.

—Pili, no vayas de listilla, que nos conocemos.

—¡Si es que no para encima de guiñar el ojo!

—Eh un ti involuntario, como tu caída.

La manca se levanta y me tira al suelo, me agarro de la Cisne y caemos las cuatro. Esto sí que se parece más al cuarteto de cisnes que tenía en la cabeza. Oigo más risas, pero siguen sin ser las mías, qué mal. Es evidente que la Cisne es la reina de este lago, se levanta la primera y dice:

—¡Por Dios, que sois ya unas señoras y os portáis como crías! ¡Ya está bien! ¿Os vais a quedar quietecitas ya?

—Mire usté, que la compañera María sa topao sin queré con la pienna de la compañera Pili y sa caío, y luego sin queré ma tirao a mí con ella. No ha pasao na malo, de verdá. Musha grasiah por su preocupasión. Le aseguramoh que ehto ha sío una tontería y que no va a pasá mah na.

Pura pelotera mira sonriente, la torpe se muerde el labio y yo sigo con mi tic, perenne en mí.

—Bueno, pues venga, arriba ya y a dejarse de jueguecitos. Tú, sécate y te esperas ahora que te lleven a enfermería y que te miren la barbilla. Y a vosotras dos, os advierto que como vea algo raro de nuevo, os aviso que ya no lo dejaré pasar.

—Por supuehto, por supuehto.

No veas con Pura la tía cómo se curra la puntuación positiva. Todo por salir lo antes posible y volver con sus hijas, ¿tan guay son tus hijas, Pura? ¿Estás segura?

—Ay ay, Cihne, yo ehtoy fatá, creo que me torsío el tobillo al caerme al suelo, uy uy uy, qué doló mah grandeeee tengoooo, tengo que i a enfermería a que me miren ehto, ai ai ai.

—Pili, déjalo ahora mismo, que a mí no me la cuelas, déjate de juegos o te mando a la habitación.

—Vaaaale.

A la habitación no quiero ir. Yo quiero irme con la Pina, como se va a ir la rubia. La Cisne se recoloca la ropa y regresa a su puesto de vigilia mientras la rubia con apellido importante se va dedicándome una mirá de odio infinito. Le miro el culo mientras se aleja.

—¿Por qué sabrá tatuao un duende?

—Da suerte, ¿no?

Esto podría haberme hecho risa. Intento hacerlo. Intento hacer un ja.

—¡Ja!

—¿A ti que te pasa?

—Quería ve si me reía un poco.

—Pueh te sale fatá.

—Ya.

—¡Venga, a secarse, que esto no es un espá!

Gracias por recordárnoslo. Gracias, Cisne, por ser así de clara y concisa con la información. ¿Por qué eres así? ¿Qué te pasa? ¿No estás cómoda en este lago? Es tu hábitat natural. Eres la gran protagonista de este acto. Podrías aprovechar pa hacer el gran final. Podrías deleitarnos con la variación del cisne blanco muriendo, hacer susú y pordebrás histéricos, chapoteando en el agua con la punta de tus pies hasta caer rendía en el suelo con las alas cruzás. Manuela me da con la toalla:

—¡Ah!

—Venga, bailarina, déjate de líos ya, que acabamos de empezar el día. Vamos a desayunar, que seguro que hoy nos dan unos churros con chocolate.

—¿Timahina?

—Podría llorar por unos churros.

—Manuela, ¿tú timahina una churra cada ve que te come un churro?

—Ya ni me acuerdo, qué hambre. Venga, vamos.

13. Devulé devulé devulé

Manuela siempre tiene hambre, no me lo explico, come mucho y no engorda ni mijita, no lo entiendo. Dice que es porque caga una barbaridad, que por las mañanas deja el váter sin agua. Me da envidia, yo nunca he sentío eso, yo voy cargando con la mierda to el rato, fatal pa mis venas rectales. Yo pa cagar bien necesito avena y pasas, el típico muesli triste que nadie compra pero que sospechosamente siempre está presente en la estantería el súper. Aquí hay algo de fruta descongelá, galletas de mantequilla y pan de molde con mermelá. Desde luego, no ponen fácil la dieta aquí dentro.

—Perdona, ¿hay muehli?

—¿Cuándo te vas a cansar de pedirlo?

—Nunca. Te quean veintisinco año oyendo la mihma preguntita.

Le dedico una sonrisa a la cocinera de turno, de algunas no logro recordar el nombre, el mote siempre prevalece.

Con la que hablo, la que está rellenando los termos de café, es Tortuga, evidentemente. Ese cuello, ese tempo piano piano, Tortuga, obvio. Me devuelve la comisura hacia arriba, pero tarda demasiao, que lenta es la jodía, con ese tempo una no siente na, ni de lejos en este intercambio experimento el fervor que siento con la doctora Pina. Es pensar en ella y mi útero baila, siento cómo se retuerce implicando a todo órgano que lo rodea. Quiero verla, venga venga venga, necesito algo. No quiero desayunar, me da igual el café, no quiero café, que me irrita el culo. Quiero estar con ella, sí, quiero verla quiero verla quiero verla. Piensa, Pili, piensa piensa piensa. ¿Qué puedes hacer? Venga venga venga, algo, lo que sea. ¿Una tos? ¿Oigo una tos? Una que debe ser de las nuevas está al fondo la sala tosiendo, sí, no se ha atragantao, esa tos es de enferma, desde luego tiene mala cara. Voy hacia ella. Pillo su vaso café y chupo el borde como una perra.

—¿Qué haces?

—Quiero pillá tu gripaso.

—Ah, vale, ven que te tosa en la cara.

Tose con la boca abierta. Los perdigones de saliva vírica atraviesan el aire e inundan mis poros. Inhalo con fuerza, esto tiene que acabar con éxito. Qué apañá. Esta sí que puede ser colega. Mi segunda sonrisa del día va pa ella.

—¿Cómo te llamah?

—Ale, de Alejandra.

—Encantá. Yo soy Pili, de Pilila.

—Ese nombre no existe. Pili es de Pilar.

Mae mía. Es tonta. Odio a la gente que corta el rollo de esta manera. Me arrepiento de haberme acercao a ella. Me sigue hablando y no se da cuenta que no escucho ni pío de lo que me está contando. Menudo bajonazo de chavala. Menos mal que tengo a Manuela. ¿Por qué no me rescata? Estoy entrando en un bucle, Manuela, por favor, sácame de aquí. Seguro que está repitiendo desayuno. Mi ídola, ojalá yo pudiera comer sin importarme las consecuencias. El aparato digestivo se me jodió enterito con el estrés del trabajo lesión ayuda arresto juicio condena. Si tuve hasta una maldita úlcera. El día que me empezó a sangrar el ano fue la noche después de cenar con Antuán. Fue uno de los tantos imbéciles que se presentaron a decir mierdas sobre mí en el juicio y sobre el que yo no pude decir na porque mi abogá me aconsejó que yo no dijera na porque tenía que parecer subnormal. Antuán, que pilló plaza en la Junta, en la Agencia. Con to lo que la criticaba. Con to el odio que él tenía. Con la de veces que dijo que iba a pillarse una metralleta y liarse a tiros en la Agencia. Que si le debían pasta de tal bolo, que si le debían dinero de tal ayuda, que si le estaban asfixiando con la justificación de la otra ayuda, que si iba a tener que cerrar la compañía porque la Agencia la Agencia la maldita Agencia. Antuán metamorfoseó de humano a marmota y se pilló un paquetillo nueces. Me acuerdo perfectamente. Me cogió pa una de sus producciones con mucho audiovisual, que eso le daba a él muchos puntos, las nuevas tecnologías. Me prometió un dinero y nunca me lo dio porque la Agencia la Agencia la maldita Agencia. Quiso invitarme a cenar pa compensar, quizás era raro que solo me invitara a mí, yo qué sé, me pareció una propuesta agradable, yo qué sé. Estaba casao, tenía hijas de mi edad, por el amor hermoso, era evidentemente gay y era evidentemente una propuesta inocente. Pero el tío se puso a beber vino, botella tras otra, y yo también, la verdá. El vino era lo único que me adentraba en el sueño y me calentaba los pies en invierno. Comenzó a hacerme preguntas sobre chicos, qué clase de chicos me gustaban, si me gustaban mayores, si me gustaban también las chicas, qué me gustaba que me hiciesen en la cama, si me molaba el rollito espacio público. Bueno, esto me hacía mucha risa, hablar de sexo siempre me ha parecío la mejor opción. Yo le dije que no tenía ningún fetiche, quizás chupar deos, y él me contó que le sabía el semen a tomate deshidratao, que creía que con la edad su semen había mejorao, que era más espeso y jugoso, que parecía sirope vainilla apetitosa. To era divertido, nos reíamos. Lo que no esperaba es que entre risas y relatos cerdos pusiese su mano en mi muslo y la deslizara hasta mi entrepierna. Le quité la mano sin darle más chicha, pero el tío volvió a ponerla con más fuerza apretándome la ingle y repasando la costura mi vaquero con su deo gordo como si pudiese meterme el deo a través de la tela, haciéndome daño, hasta dejarme en silencio, fría. Entonces estalló en una carcajá bastante conseguía y continuó la conversación como si na. Yo me fui al baño y sin darme cuenta el tío mierda vino detrás, se encerró en el lavabo conmigo y me dijo: Chúpamela, Pili. Y yo se la chupé. Ahora digo yo que por qué, pero yo a Antuán se la chupé y me llenó la boca de to el sabo de mierda, que eso no sabía ni a tomate ni a vainilla ni champiñón si quiera, aquello sabía a pescao porío con huevo duro porío y sus muertos poríos. Antuán dijo: Qué gustazo, Pili.

Y sonreía. Este es nuestro secretito, ¿vale? Se limpió la polla con papel de váter y volvió a la mesa. Yo vomité con la ligereza de una buena bailarina, me enjuagué la boca mil veces y volví a la mesa. Llamó al camarero pa pedir un postre y me preguntó si quería uno. Le dije que no, le dije gracias y me quedé quieta mirando cómo se regocijaba en su culán de chocolate. Se limpió la boca marrón con la servilleta blanca, pidió la cuenta, pagó y me dijo: Adiós, guapa, hasta mañana. Desde entonces, el vino pasó a ser sangrado anal. Puede ser que simplemente lo heredara de mi padre. La sangre de Cristo nos sale por el culo. Mi padre jamás me lo ha dicho, pero mi madre siempre se lo advertía cuando se echaba una copita:

—Hacobo, ten cuidao, que luego tarrepiénteh.

—Pero si ehto no eh na, mehtoy eshando doh deítoh, que eh bueno pal corasón, que lo escushao en er telediario.

—Mu bien, pueh mañana no me lloreh.

Yo le preguntaba a mi madre a escondías:

—Mamá, ¿por qué va llorá papá?

—Porque le sangra er culo, eh tonto, lo sabe de sobra, er vino le sienta fatá.

Pues igual de tonta acabé yo. Ahí te entiendo, papá, el vino es que está mu bueno, pero qué mal que nos sienta. Si vienes un día hablamos del tema, puede ser raro, pero a lo mejor las hemorroides nos unen más que eso de ser tu hija y nos hacemos amigos. Aunque prefiero que venga mamá, la verdá. Mi madre es la mejor, debería divorciarse, viviría más años. Está demostrao, las solteras viven más que las casás. Pero es que los dos, tan cristianos, pensar en el divorcio sería convocar al mismísimo Satanás, y bastante tienen ya con haber parido al Anticristo. Cumplen con to los protocolos. Tienen un crucifijo sobre la cama, un niño Jesú en el salón, una Virgen en la nevera y otra en la entrada, van a misa los domingos, rezan de rodillas, por la mañana y por la noche. Una vez mi padre se flipó y bendijo los alimentos y to, como en las pelis americanas. Y yo le dije: ¿Qué hase, papá? ¿Qué ere, un crihtiano de Alburquerque? Y ahí me gané la bofetá, claro. También me la gané cuando le dije que Dios era un pesao, o cuando llegué diez minutos tarde aquel domingo, o cuando masuclé entre dientes que era un abono poni. Fite tú, abono poni, qué lástima de criatura, podría haber dicho cosas mucho peores, podría haberle dicho a la cara que era un hijo de la gran puta mamonazo gilipollas idiota comemierda cabrón, por lo menos tirano: Papá, ereh un tirano. Pero como siempre, yo, callaíta chitón cremallera. A base de hostias aprendí a callármelo to. Desde luego, no dije ni mu cuando me pilló los condones en la mochila, ahí puse la otra mejilla como buena cristiana. Con mi padre y la danza clásica aprendí a callar. Aprendí que la palabra pero no es buena, es Lucifer. No hay maestra que tolere un pero, y si va seguido de un es que, menos aún.

—Pili, te estás inventando el ejercicio.

—Pero...

—Pero nada.

—Ehque...

—Un es que más y fuera.

—Vale.

—¿Qué vale ni vale? Que te calles.

A veces soltaba otro vale, pero solo pa que supiera que lo había entendío, y me ganaba otra reprimenda de más nivel, porque to es siempre gritando un poco, que se entiende to mejor. Otras veces me arriesgué con un oquei. Pero tampoco cuajó, na funciona. Una traga y asiente, traga y asiente, se corren en tu cara y tú relames en silencio. To porque mi madre me apuntó a clases de sevillanas a los siete años. Primero me llevó a natación, pero una niña más grande me ahogaba en el cloro y yo lloraba. Después lo intentó con el bádminton, pero una niña más pequeña me pellizcaba la alita pollo y yo lloraba, así que decidió probar con clases de sevillanas. La maestra, Dulce, a la que una vez chupé la mano pa saber si era dulce de verdá o si era solo un nombre, nos ponía un enorme lazo azul en la pierna izquierda. Así, cuando llegaba el momento crucial, el de arrancar el paseíllo, y ella gritase: ¡Ihquierda!, nosotras lo único que teníamos que hacer era mirar pa abajo y tratar de mover la pierna que tenía el lazo. Yo eso lo hacía mu bien, Dulce se percató y le dijo a mi madre que hiciera las pruebas pa el conservatorio. Y así, a lo tonto, pim-pam-pum, lo que era un juego se convirtió en obsesión. Pobre diabla. Mamá, en el balé también me pellizcaban y me hacían llorar. Pero, mamá, por alguna razón mística profunda me daba igual. Aprendí que si me hacía daño a mí misma, nadie podría hacerme daño de verdá, ninguna niña, profe, punta de balé o papá me harían más daño, solo me tenía que hacer fuerte, eso pensaba. Primero comencé a tirarme de las cejas, rechinar los dientes y comerme la carne la boca. También a poner los ojos en blanco hasta que me doliese la cabeza. Mis padres declararon en el juicio que yo fui una niña feliz, que iba bien en la escuela y que tenía buenas amigas, que estaba contenta en casa, que me reía y bailaba to el tiempo. Pero yo sabía que algo raro debía de haber en lo de hacerme daño a propósito. Llegar a amoratarme las pantorrillas por eso de sentir el grado exacto de dolor en ambas piernas no creo que sea algo normal. El dolor tenía que ser simétrico total y no paraba hasta conseguirlo. Si me torcía un pie sin querer, me retorcía el otro queriendo. ¡Ay! No. Me colao. Entonces me retorcía un poco más el primero. No. Demasiao. Otro golpe. Más suave. Más fuerte. Y así mucho rato hasta conseguir el equilibrio. Así podían ser los pellizcos, los arañazos, las hostias en general. Como una buena penitente. A veces, la única manera de parar era cuando dejaba de sentir la piel o la articulación, pero claro, tenía que dejar de sentir las dos zonas. Siempre derecha e izquierda, siempre hay dos caras pa el dolor, como los casetes. Tanto golpe requiere tiempo, demasiao, es mucho rato del día invertío en eso. Menos mal que solo tenemos dos cosas de cada cosa. Llegamos a tener tres brazos o cuatro manos y no hubiese podío hacer vida con normalidad. Cuando empezaron a salirme granos se añadió la manía de reventármelos hasta hacerme la herida, hasta ver un trozo pellejo colgandero. Una gota sangre tenía que derramarse siempre. Por eso tengo tantas marcas en la piel, en cuanto se forma la costra la arranco. Me gusta ver mi piel cruda, ver que hay vida dentro de esta capa superficial que la gente se cree que soy. Mirá, mirá bien, yo soy la que ehtá debaho, la que sangra. Manías de cualquier niña, una niña feliz, declararon mis padres. Los pobres. Bueno, mi padre un poco menos, a él nunca le gustó que yo bailara, siempre lo vio una pérdida de tiempo. Pero mi madre, Conchita, no tiene más culpa que llevarme a clases de sevillanas a los siete años. Mi mamá, ella, que le gustaba verme bailar, siempre me decía que lo hacía mu bien, incluso los bailes raros, así los llamaba ella: Esa cosa que tú hase. Esos que no entendía, esos, los disfrutaba igual. Decía que los sentía por dentro como cuando rezaba. Venía a to, mi mamá no faltó ni una. Decía: Tú hah nasío pa bailá. Y yo me lo creía, y cuando me ponían al final de to, en la esquina, chocándome con el telón de fondo de manera más que evidente, to esos fines de curso en los que lloraba porque no era la protagonista, ella me decía que había sío la mejor: Pili, tú brillah. Qué buena mi madre. Mi padre creo que simplemente se aliviaba con que tuviera las tardes ocupás, que no fumara porros y que no quedara con chavalines como la vecina. Esa eh una puta, decía. Pues Jacobo, a lo mejor tu hija debería de haber fumao porros. Debería de haber follao más. Porque igualmente tu hija es una peazo puta, una reina puta con medalla caballera de las artes puteras.

—¿Qué has dicho?

—¿Yo?

—Sí, ¿quién si no?

—Ah, pueh no sé.

—¿Me has llamado puta? ¿Me estás guiñando el ojo como a una idiota?

—¿Cómo? Ah, no, mira, ehque...

—Es que nada.

Vaya, otra que no tolera un es que. Ale de Aleandra se levanta. La silla gime cuando se separa de la mesa. El mobiliario está más deprimío que nosotras aquí dentro. Ale de Aleandra parece que me está lanzando un mensaje con la mirá. Creo que está diciendo algo con los labios también. ¿Le falta un diente? Fijándome bien, está más cachas de lo que parece a primera vista. Coño, mucho, está cantúa.

—¿Ereh culturihta o argo de eso?

—¿Cómo?

Mi ojo guiña guiña guiña.

—¿Pero tú por quién me tomas?

Aquí eleva el tono de voz y la barbilla, como si con ella lanzase una flecha directa a mi ojito ligón.

—¿Por puta?

Su puño viene hacia mi cara. Ale de Aleandra tiene cero sentío del humor.

14. Developé

Una luz. Un resplandor. Es ella.

—¿Mamá?

—Pili, soy la doctora Pina. Tienes una contusión de tercer grado y se te ha abierto un poquito la ceja.

Se ha recogío el pelo en una cola caballo, le queda bien. Las gafas se le han escurrío, se las levanta con el deo índice.

—Esa mujer te ha abierto la ceja.

—¿La deresha?

—Sí.

—Eh normá, eh mi seha mardita.

La doctora se ríe. Bien.

—Pili, cuídate, por favor, no me gusta veros por aquí.

—Pueh a mí me guhta vení.

Le diría que me gusta ella. Mucho. Que me gustan los médicos en general. Que me derrito desde pequeña por cualquiera con bata blanca y jeringuilla. Sí. Pero que ella,

ella en concreto, me gusta de otra manera. Ofú, me he puesto tomate, lo noto hasta en las orejas, me arden y ella no quita la sonrisa. Y su sonrisa contrae mi jigo shosho chocho coño mierda. ¿Por qué no puedo pensar en cosas como vegetales? Pimiento rábano berenjena pepino por el culo pera. Pili, relájate, mira al suelo, concéntrate, una baldosa, dos baldosas, tres baldosas ojete mierda.

—Me han dicho que eres bailarina.

Lo dice con sus manos sobre mi cara, no sé qué estará haciendo, me da igual, me está tocando, a mí. Pina me está tocando la cara con sus deos y me resulta mil veces más íntimo que la extracción del cepillo de mi sieso. Tiene los deos mu largos, como yo. Seguro que su mano y la mía se entrelazan a la perfección como cuellos de jirafa.

—Sí, bueno, era, ya no soy na.

Me toca como si fuese a partirme, con una delicadeza que había olvidao. Su tacto es frío como el mío. Esto puede ser un problema. ¿Quién calentará a quién debajo la colcha? Tendremos que pillarnos una manta eléctrica o una bolsa de agua caliente, eso calienta muchísimo.

—Yo de pequeña soñaba con ser bailarina. Pero no sé, nunca lo vi una opción. A veces me pregunto qué habría sido de mi vida si hubiese bailado.

—Hisihte bien, miramamí, llevun uniforme musho mah trihte quer tuyo.

Hundo la barbilla pa dentro, pongo mi mejor carantoña y escucho su risa, su jajaja con la primera A mu larga, qué buen jajaja. Doctora Pina, ¿esto qué es? ¿De dónde sale esta alegría, esta bondad? Es amor, ¿verdá? ¿Te gusto? ¿Yo? ¿A ti? ¿Un poquito? Me acaricia la cara, alarga el cuello como mi madre cuando mira el móvil. ¿Qué buscas? ¿Estás tratando de leerme el pensamiento? ¿Puedes hacerlo? ¿Harías la jirafa conmigo?

—Estupendo.

Se me encienden las mejillas de nuevo. ¿Eso es un sí?

—Te he tenido que dar un par de puntos.

—¿A lo Franquehtein?

—No, nada de Frankenstein, estás muy guapa.

Me ha dicho guapa me ha dicho guapa me ha dicho guapa me ha dicho guapa.

—No te los vayas a tocar, así se te curan bien y rápido.

Me ha dicho guapa me ha dicho guapa me ha dicho guapa me ha dicho guapa.

—Tienes que cuidarte, ¿vale?

—Vale. Lo que tú diga, dohtora.

—Tú cuídate, hazme el favor.

La miro a los ojos y ella los mantiene. Salen llamas de mis orejas de duende. Me ha dicho que me cuide. Quiere que me cuide. Quiere que esté bien. Me lo ha pedío por favor. Y me ha apretao el brazo al decírmelo. Mientras me ha dicho por favor me ha apretao el brazo derecho con su mano izquierda. Me encantaría que me apretase el brazo izquierdo con su mano derecha en el mismo punto, con la misma intensidad. Sigue mirándome, está mu cerca y yo estoy moviendo la pierna, estoy moviendo la pierna hacia delante como en un developé mu pequeño, un developesito casi imperceptible, mi rodilla se está acercando a su entrepierna y ella está quieta, ella no se ha movío, ella sigue presionando mi brazo y mirándome a los ojos, me sigue diciendo que me cuide, eso me debe estar diciendo, porque está moviendo los labios y me está contando algo, pero yo ahora mismo soy una rodilla. Pina, allá voy, te voy a tocar, te voy a tocar y esto va a ser un bombazo porque te estás acercando a mis morros y yo a los tuyos y esto va a ser lo mejor que nos ha pasao en la puta vida, Pina, estoy a puntito. No. No. No no no, ¡no puede ser! Me cago en to sus muertos. La más peazo cortarrollos de la historia aparece pa joer lo que podría haber sío el mejor momento de mi vida en este antro. Porque iban a saltar fuegos artificiales, iban a aparecer golondrinas con guirnaldas, íbamos a unirnos en un roce suave y fuerte y nos íbamos a besar de esa manera que cuando besas quieres aspirar a la otra persona y hay algo dentro que duele pero que no puedes dejar de hacer y nos iban a dar el Guines recor al beso más largo del mundo porque nadie podría habernos separao ni con una sierra eléctrica. Eso iba a pasar, Cisne, ¿por qué me haces esto? ¿No ves que me estaba pasando algo especial? ¿Sabes lo que es eso? Yo lo había olvidao, y tú, ¿te acuerdas? Con su pico me empuja de nuevo por los pasillos. Mierda. Me he olvidao de hacerle el baile chocándome con las sillas. La próxima, la próxima no me olvido, la próxima va a presenciar una bella coreografía de torpeza premeditá. No me lo puedo creer. Hemos estao a punto, ¿no? Pina, ¿lo has sentío? ¿Qué habría pasao? ¿Y si la hubiese tocao? ¿Se habría refregao con mi rodilla? Dios mío, tengo que volver a hacer algo. Solo ella me toca así, tan suave. Es increíblemente suave. Yo quiero más de eso, lo necesito. La única persona que me tocaba con esa dulzura era mi madre, cuando olfateaba con su hocico mi cuello arrugao de bebé. La cosa se fue enfriando con la edad y ya desde que me fui de casa a los dieciocho no hubo mano que me vendase las heridas. Y podría haberme quedao, podría haberlo hecho, pude elegir y me fui y dije adiós al tacto de mi mamá, a sus olores y arrumacos. Me fui por to este rollo de bailar bailar bailar. Yo decía: Yo quiero bailá. Mi padre respondía: Mariá del Pilá, ereh tonta, quítate cso de la cabeza ya, que bailá no vale pa na. Yo decía: Pero papá, yo solo quiero bailá. Y él respondía: Si no ehtudiah una carrera, te vah a la puta calle, no quiero tontah baho mi tesho. Y yo lloraba y lloraba y lloraba y Jacobo no entendía na, no entendía na de na. Yo tenía que aprovechar toas y cada una de las horas de mi vida en pulir mi musculatura y mis pordeprá. Yo era una bailarina recién amasá y necesitaba un trabajo en el que hornearme, uno que me quemara fuerte. Tenía que hacer audiciones y pa eso necesitaba dinero. Dinero bailar dormir cagar. No pedía más. Estudiar está mu lejano a ganar dinero. Estudiar está más cercano a engordar. Y cuando una lleva ya diez años de formación en un conservatorio, una ya no quiere más clases, una quiere bailar. Entonces una de repente se ve bailando gratis en un videoclí de roc pop flamenco reguetón. Porque baila por amor. Baila por entrega absoluta, sin filtro, porque es adicta, es una auténtica yonqui de la endorfina y por eso da su cuerpo a una entidad divina sin nombre ni forma ni sentío alguno. Y por eso una bailarina por norma general es una pobre. Porque los fantasmas de la danza no dan dinero y al final, pues como necesita dinero pa poder seguir con su adicción endorfínica, la bailarina busca un empleo y una bailarina en busca de empleo no va al INAEM, una se mete en interné y teclea éter punto com o danza punto es y pincha en audiciones. «La Compañía Nacional de Walles busca bailarina con formación de danza clásica y con fuerte presencia escénica». Y la bailarina que ha ido al conservatorio y tiene algo de autoestima piensa: Mae mía, yo, esa soy yo. Continúa el texto. «La audición será el día 23 de mayo en la sede de la compañía, en Walles. Selección previa por CV». Entonces busca a la compañía en Yutube, ve que bailan mucho y lo tiene claro: En Uales quiero morí. Envía su currículum de dos líneas traducido por Guguel y espera. No sabe dónde está Walles exactamente, no sabe el clima de la zona, no sabe cuánto pagan, no sabe qué duración tiene el contrato, no sabe las exigencias del trabajo. En Uales quiero morí. La mayoría recibe un silencio negativo, pero alguna recibe el mail que dice: Hola, bailarina n.º 869, enhorabuena, has sido seleccionada, vente a Walles y haz la audición. No más info de ningún tipo, pero a la bailarina precoz no le hace falta ningún dato más pa tener un microinfarto de la emoción. Busca los billetes, mira el precio, el hotel, calcula: ¿Qué hago? Eh la oportunidá de mi vía. ¿Quiero bailá o no? Aquí se dividen los tipos de bailarina: las que tienen los dineros y las que no. Y las que tienen la manteca tienen cuatro posibilidades cuando entran en la sala de ensayo y se colocan frente al jurao. Uno: el clásico ¿pa qué vienes? Has puesto el pie en la sala y ya te han dicho hastaluegoLucas. Dos: haces la prueba entera y te sientes satisfecha, pero la audición está amañá, solo se hace pa poder seguir cobrando una subvención del Gobierno y es evidente que van a elegir a Hanna, que es amiga de toas y se sabía demasiao bien los ejercicios y si se equivoca es una equivocación guay. Tres: Lo sentimos, ha sido mu difícil, sois todas increíbles, pero no tanto como Hanna, que es verdá que nos canea a las demás. Cuatro: la altamente improbable. Eres Hanna. Hay algo en ti que encaja en lo que buscan, los planetas se han alineao y to parece ciencia ficción pero no lo es, eres Hanna y te has vuelto rubia. Y luego ya vienen to las movidas laborales y los despidos improcedentes. Lo del sí ocurre, pues claro que ocurre, por eso hay bailarinas en esos sitios en los que las otras bailarinas no están, pero lo normal es el no, es no llegar al no, es una N de Nidecoña Nidelejos Nienbroma Nilosueñes. Cuando acabé el conservatorio yo era una más del montón, porque somos montones y montones aunque parezcamos cuatro gatas las bailarinas en busca de empleo, montones que nos presentamos a to lo que podemos y nos llevamos una N tras otra. Actualizaba el buscador to los días con la esperanza de encontrar algo, pero fue Ceci Uñaroalitomugreentuculo la que me comentó que el Centro Coreográfico de Andalucía iba a hacer audición en Sevilla, en donde me parieron y en donde me quedé clavá. No era lejos como yo quería, pero era un sitio en el que bailar. Dios mío de mi vía. No me había siquiera presentao y ya tenía un nudo en el vientre más liao que el cable de unos auriculares. Qué chica. Y yo que me sentía una señora resabía.

15. Baloté baloté

El Cecea tenía cierto prestigio a nivel nacional, de lejos molaba. Era un espacio público de investigación, de talleres y profesorao internacional, una especie de formación preprofesional, que le gusta mucho a la gente que se inventa cursos ponerles nombres pa que tú sientas que tienes que hacer los cursos porque sin esos cursos nunca vas a ser na porque ya to el mundo tiene muchos cursos de to y muchos títulos de to y te hace falta un curso pre y un master pos y un doctorado pospos y luego una guía pro blablabla y eso me resulta cansino a más no poder pero lo que interesaba del Cecea es que repartía seiscientos euros de beca mensual que pa una como yo eso suena a lingotes de oro con esvarosquis incrustaos. Yo era una ejemplar preprofesional con falta liquidez. Me tenían que coger. Fui a la prueba con mi mejor mailló, el negro con las transparencias que me acentuaba las clavículas, con una bola piña en el estómago y con las pestañas llenas de rímel. Maquillá lo justo pa tener carita muñeca y no sudarlo to y acabar como un mapache. Aun así, acabé como un mapache. La mierda de los rímeles de los cojones. Lo hice to bien. Menos lo del puto maquillaje lo hice to de maravilla. La inocencia, la prudencia, la ejecución, la actitud sumisa, la entrega. Pero no fue suficiente. Yo me llevé el tres: Hanna mola más que tú. Con la misma noticia llegué a casa e hice la maleta con la banda sonora del grupo de metal dez Jacobo y Los Soytupadreyhacesloqueyotediga, con la invitada especial Concepción la Pasiva a los coros. Un grito tras otro con juego de intensidades. Me uní al cante y cerramos el concierto con una intensa coreografía. Yo llorando, Jacobo tirándome del pelo y Concepción observando. Sayonara, papá. Le tendría que haber dicho eso, Sayonara, papá, sacar un brazo metálico y reducirlo a cenizas. Pero no hice eso, me fui con la cabeza baja, llorando con una pequeña calva totalmente asimétrica que yo más tarde tendría que simetrizar. Lo único de lo que me arrepiento es de no haberle dicho adiós a mi madre. Pero mamá, tú tampoco me dijiste adiós a mí, ¿no? En la calle esperaba mi novio del momento apoyao en su coche tunin de cartón pluma. Era unos ocho años mayor que yo y tenía un pendiente en forma crucifijo al revés, eso me gustaba. Pedro tenía un tatuaje que decía que quería mucho a su madre muerta, pero a veces se le olvidaba y la llamaba puta vieja chocha de los cojones. Pedro no me partió el himen porque eso ya lo hizo David, que primero me besó y casi perdemos las paletas y decidimos dejarlo pa siempre, luego vino Cristian que se corría na más verme las minitetas y nunca hacía na de meterme na, na más que cosas con las manos porque ya se le quedaba morcillona y chica y además las cosas con las manos nos salían regular y se nos quedaban dormías y yo me ofuscaba porque a veces se me quedaba solo dormía una mano y me tenía que dormir la otra, y luego me enrollé con Ismael, que era un flojo que estaba siempre cansao y lo tuve que dejar porque yo me veía en la flor de la vida y en la flor de la vida hay que aprovechar antes de que se ponga una blanda y arrugá como las madres, y ya luego vino Pedro, que me daba los morgamos como bien dijo una vieja en Canal Sur, y que yo sabía que andaban por alguna parte y me hacían olvidarme de to lo que me quería olvidar desde el día que follamos por primera vez en un coche mientras me decía: Ehtáh to buena, Pili, qué culo tieneh, Pili, te ehtoy follando, Pili, te ehtoy metiendo tol nabo, Pili, me poneh burro, Pili, ehtoy to cachondo, Pili, me voy a corré, Pili, me voy a corré ya, Pili, me voy a corré encima tuya, Pili, te voy a llená de pomío, Pili. Y cuando se corrió vio a un nota que nos estaba mirando a través de la ventanilla y sin ponerse el calzoncillo encendió el motor y le persiguió derrapando por las calles conmigo desnúa en los asientos traseros dándome hostias en cada curva, salpicándolo to de semen y sangre. Aquello me encantó. Pedro me parecía un ser excepcional y había conseguío un trabajo pa los dos en la heladería de su tita la lista cn Matalascañas. Pedro era mi salvación. Sin duda, mi mejor opción del momento. Él era mi principito y yo la capulla que le seguía. En la heladería Corazón Congelao, que era la canción favorítísima de la tita lista, trabajé codo con codo con una alcohólica obesa mórbida recién operá que desayunaba pissa y cenaba chupitos de vodka caramelo y con otra puesta pope que robaba varitas de pescao. Ella abría los paquetes, sacaba las varitas, se las metía en el bolso y cuando se descongelaban se las comía en silencio. También dormí culo a culo con ellas, porque nos alojábamos en literas en la cochera la tita lista. Por allí rondaba mi favorita, la hermana la dueña, la tita tonta. Se pasaba el día chateando por el móvil con su novio, que era un contestaor automático que solo le decía oh sí me pones oh sí me voy a correr oh sí me pones oh sí me corro, como mi Pedro pero sin tener que verle la cara sudá. El novio ideal. Las dos hermanas medían metro cuarenta, pero la tita lista conseguía aparentar metro sesenta gracias a las sandalias con plataforma. Ella me enseñó el arte de servir helao. No es fácil, se parten muchos cucuruchos si vas a lo bruto y las tarrinas tienen su truqui. Según ella, había que coger la pala, hundirla en el helao con mucho mucho cuidao de coger la cantidad justa, la justita, sacarla rápido y restregarla en diagonal contra el borde la tarrina formando una montaña hueca. Así conseguía engañar a los clientes el tiempo justo pa que le pagasen y le dieran las dos primeras cucharás antes del colapso. También me enseñó a llenar de nata las copas y los banana esplí. Acercando el cuenco al pitorro. Así se hacen las formas bonitas en la nata y se camufla mejor la escasez de helao. La nata es infinitamente más barata. Me señaló la importancia de los tres lacasitos. Tres. Ni uno más. Nunca. Eso sería tirar su dinero y su dinero era lo más importante del mundo. También nos explicó que el helao vale caro. ¡Quien quiera helao lo paga! La tita lista no sabía que yo no comía na azucarao, que no comía en general, que me gustaba el helao, sí, pero que lo comía, no. Yo era como ella, pensaba en los billetes. Y con esas ganas de vivir me ponía flores en el pelo, charlaba de cosas como el tiempo, me reía cada vez que alguien trataba de decir es-tra-cha-te-la y repartía cucuruchos sin partirlos. Pero la tita lista se enfadó conmigo porque un señor vino, me pidió que le diera a probar el helao de menta-chó y cuando le fui a dar la cucharilla, el tipo estaba con la boca abierta asomando por encima la vitrina y yo, no sé por qué no sé por qué no sé por qué y nunca lo sabré, a cámara lenta le di a probar el menta-chó como si fuese mi hijo de dos años bajo la mirá atenta del resto de mis compañeras y clientes. Fue una cosa que reconozco que fue mu rara mu rara y por eso la tita lista me prohibió atender a los clientes y me dejó como encargá absoluta de la limpieza los baños. Ahí descubrí que hay gente con el ojete en el codo y que caga en horizontal y desde entonces el helao me sabe a mierda. Pedro también se enfadó conmigo porque una noche le dije que no tenía ganas de comerle el nabo, que estaba cansá de tanto trabajar, pero en verdá era porque le olía el nabo a chotuno y no me daba la gana. Me dejó y se folló a la Capitana Pescanova en la litera de al lao. Aborrecí el helao, lo frío, lo dulce, lo brillante, lo colorío y to lo demás. Ser heladera me hizo perder seis kilos y mi menstruación, mi mejor dieta hasta el momento. Habían pasao dos meses eternos en ese lugar cuando sonó mi teléfono:

—Hola, María del Pilar. Te llamo del Centro Coreográfico Andaluz. Nos han fallado otras chicas y hemos llegado a ti en la lista de espera. ¿Sigues interesada en la formación del centro? ¿Quieres unirte al programa?

16. Tombé padeburé glisá granyeté

Menúo bote felicidad. No sabía que estaba en una lista de na, no sabía que eso existía. Qué suertuda. Menúa sorpresa divina. Creía que mi vida había encontrao su rumbo entre la nata derretía y la mierda esparcía. Pero no, no señora, mi vida recobraba el sentío. Yo iba a volver a sentir el mailló en mi raja. Yo iba a bailar. Recuerdo la expectación del primer día. La timidez con ganas de estallar a carcajás nerviosas. Éramos unas quince y estábamos toas encantás de estar allí, de ser una de las elegidas y de estar junto a otras elegidas. Nosotras íbamos a bailar. Recuerdo las primeras palabras de la directora del centro, del Cecea:

—Hola, bienvenidas. Es un placer teneros aquí. Habéis sido elegidas entre un grupo enorme de candidatas. Debéis de estar orgullosas.

Aquí las aludidas nos miramos y no escondemos la sonrisa.

—Como sabréis, el Centro Coreográfico Andaluz es un centro público que depende directamente de la Junta de Andalucía y la gestión de la Agencia.

Claro, claro, lo sabemos, somos chicas bien informás.

—También sabréis que España está viviendo una crisis económica muy grave.

Sí sí sí, lo sabemos, fatá fatá.

—Por eso, debido a la crisis y a los recortes en cultura, este año no va a ser posible repartir beca alguna. Sin embargo, la formación será gratuita y tendréis unos profesores increíbles.

Profesores increíbles. Formación gratuita. ¿Ha dicho que no hay beca? Lo anuncia como una buena noticia. ¿Por eso me han cogío? ¿Las elegidas de verdá se han ido espantás y nosotras somos las elegiduchas segundonas huevonas más pardillas de la historia? ¿Ha dicho que es gratis? Lo de gratis duró un año. Al año siguiente cobraron una matrícula simbólica. Dijeron: Es simbólica. Y cada año la subieron un poquito más, como la luz, como los sueldos de los políticos. Por lo menos en ese momento yo era rica, había ganao mil seiscientos euros. La tita lista me pagó con un sobre usao lleno billetes de veinte y me los escondí en el relleno del sujetador. Viajaron en mi pecho falso y sudao hasta la sucursal del banco. La mujer detrás del escritorio perfectamente pintá como sacá de un recortable me dijo que le diera el dinero y yo me metí la mano en las tetas. A saber qué cosas habrá visto la tipa que simplemente me observó como una perra observa a su dueña mientras caga. Montá en el dólar comencé mi formación profesional no reglada sin beca alguna. Alquilé una habitación, la habitación de la casa de Bartolo, y busqué trabajo de profesora de balé en una escuela privá. Ahí me dijeron si quería cobrar tres euros la hora da de alta o seis euros la hora sin estar da de alta y elegí un bar de copas en el que cobraba siete euros la hora sin estar da de alta. Pero no era la más rápida sirviendo yintoni, cortaba mal la corteza limón, no la cortaba fina y en espiral como le gustaba al encargao de turno, no le añadía la cantidad justa de pimienta ni pepino y acabé de gogó por el mismo sueldo. Por lo menos era más fácil. Lo que se me daba peor era aguantar con los rellenos de silicona to la noche. Tenía que bailar recolocándome las tetas, disimulando como si aquello fuese un gesto erótico y una vez se me cayó uno y le dio a un cliente en la cara, rebotó y acabó en su copa balón. Así pasé a bailar to los días de la semana, mañana, tarde y noche. Así dejé de dormir. No dormía y mi vida transcurría en una noche eterna. De la discoteca al hoyo, del hoyo a la discoteca. Las clases del Cecea eran en el mismísimo foso del estadio. Antes eran en un edificio abovedao lleno luz con grandes cristaleras en el casco histórico. Con fantasma y to. Se dice que el espíritu de una bailarina atormentá movía las lámparas y cerraba las puertas. Pero el mismo año que entro yo, dejan de dar becas y se trasladan al hoyo. No por la bailarina fantasma, sino porque el sitio bonito se desmoronaba y nadie hacía na por arreglarlo. Bailábamos en cuevas sin ventana y a mí me parecía to aquello una puta maravilla. Yo estaba a muerte. Llegaba la primera y me iba la última. No falté ni un día. Me tendrían que haber dao una chapa o una taza que dijera: Pringá del año. Pero no, na de eso, na. Me gané la nada. No sé por qué la profesora venida de Cebec, Margaret Wanchusconchin, la gran bailarina deshidratá, decidió no mirarme en clase. Yo me aprendía los ejercicios la primera, le enseñaba lo alto que levantaba la pierna en los adayios y lo mucho que me plegaba en los suplés, pero Margaret Wanchusconchin ni por asomo me dedicaba un segundo de su atención. Al principio no le di importancia. Va de guay ehta tipa, pensaba. Me ehtá poniendo a prueba, pensaba. Y con más ahínco arrimaba el talón al perineo en los pasés, con más fuerza atacaba los frapés. Un comentario despectivo, una mirá arrogante, un resoplío de decepción, un pff, un tss, un boh, lo hubiese entendío. ¿Pero el vacío? Somos diez en el aula. ¿En serio no me ve? Lo hacía realmente bien esta señora. Consiguió hacerme dudar de mi existencia. ¿Estoy muerta? ¿Seré la nueva fantasma de este lugar? ¿Tengo que buscar la luz? Preguntaba algo, levantaba la mano, abría una puerta. Nada. Mis compañeras me decían: Eh verdá, te ignora, qué fuerte. Ju ju ju ji ji ji ja ja ja. Y yo reía un poco también pa disimular, pero a la vez una especie de punzá comenzó a quedarse grabá en mi intestino. Trataba de convencerme: Eh por mi bien, seguro, pa ehpabilarme, pa hacerme mehó. ¿Por qué si no una persona iba a convertirme en fantasma? Aprendí que el disimulo, la discreción, la frialdad, es la postura favorita de las docentes. Como las buenas de aquí, las discretas son las que caen bien. No quieren una alumna feliz, quieren una mártir. Y yo soy medalla de oro en mártir, sin duda. Llegaba una hora antes y me iba cuatro horas después, repasaba to las coreografías, me sentaba sobre los deos, me abría de piernas con una silla, saltaba durante una hora, hacía trescientos abdominales y otros tantos pa los glúteos, me untaba el cuerpo en Trombocí y me pesaba con el ojo de quien pesa la cocaína pa asegurarme de que la cifra bajase un poquito cada día. Al final del año, cuando podía esconderme detrás de una farola sin ser vista, la canadiense, la que se tapaba la cara en clase pa decir: ¡Ou nou, selulitis!, esta que nos aconsejó saltarnos el desayuno y el almuerzo, fumando en la entrada como siempre, antes de entrar en clase, me dijo:

—Ai had a drim. Iu uer a sneic.

Por fin, me ha hablao, me ha mirao, y pordió y la Virgen santísima, ¡Margaret Wanchusconchin ha soñao conmigo! Hubiese sío mejor que soñara que era una libélula o un lince o un guepardo, pero bueno, me valía. Serpiente, oquei, serpiente, ya no soy fantasma, ahora soy serpiente. Es un avance. Eso creía. Porque na dura demasiao en Villa Bailarina. El profesor de contemporáneo Holasoymoerno, el que nos enseñaba a rodar por el suelo como bebés y a saltar como gacelas, comenzó a decirme que no me esforzaba lo suficiente, que estaba perdiendo el tiempo. Menudo papafrita, que estaba perdiendo el tiempo, decía el carajote. Eso era lo peor, prefería el vacío. Una escucha el tic tac constantemente. Tic tac tic tac. Así lo decía él con su voz de pito: Tic tac tic tac. Recuerdo cuando me gritó por primera vez, casi muero. Comenzó a joerme seriamente cuando me atreví a bailar sin mailló y medias, en chándal de colores como él, con los pies descalzos como él, con el pelo suelto, sin horquillas clavás, sin gomillas, sin tirantez por ningún lao, como él. Me encantaba esa sensación. El día que casi muero fue un día que el profesor Holasoymoerno estaba de resaca. El saborío no sabía qué hacer y nos pidió que improvisáramos, que nos moviéramos libremente con música barroca de fondo. Era un buen día. Yo ocupaba el espacio, era mío, no tenía secretos pa mí. Di rienda suelta a mis articulaciones, a mis caderas y a mi cavidad torácica, a veces era piedra, a veces era planta, buscaba diferentes apoyos en el suelo, me convertía en jaguar, en gusano y en medusa, hacía figuras con los deos, llevaba la mirá al lao opuesto, me dejaba llevar por la inercia de mis cejas y cambiaba de esqueleto como un insecto. Me lo estaba pasando pipa, como diría mi abuela Milagros, quenpahdehcanse. Pero el profesor de chandital Adidas brillante recién comprao me gritó:

—¡¿Pero qué haces, Pili?! ¡Pareces tonta! ¡Deja de hacer el ridículo!

Menudo susto, casi muero, me caí de boca y por poco me esnuco. En un segundo me sacó del mundo donde to es posible. Donde mi cuerpo no tenía límite, textura ni peso. Con un grito me devolvió a la realidad de la forma y los cinco sentíos. Me devolvió la punzá intestinal y me borró la sonrisa. Porque ese no fue el único comentario, hubo más, muchos más. El equipo docente había hecho un aquelarre en mi contra porque un día hice una broma. Esa es mi conclusión. Decían que era una alumna mu floja, pejiguera, que llegaba dormía a las clases, que no me esforzaba y blablablá. Yo sé que no dormía, que mu buena cara no tendría, pero aquí y ahora, analizando cada detalle, estoy segura que me jodieron porque no pillaron un chiste. Panda tristes. Me anularon, me obviaron, incluso me agarraron del cuello porque no pillaron un chistecillo. Yo les expliqué que no tenía dinero y que dormía poco, que trabajaba como gogó y que dormía poco. Pero por eso no era. Yo sudaba más que ninguna, yo llegaba la primera y me iba la última y no torpeaba más que menganita ni faltaba más que fulanita. Simplemente fueron unas egoístas como Bartolo y unas desalmás como Topo. Gente que asocia lo serio con lo aburrío, lo bueno con lo deprimente. Como el puerco Holasoymoerno. El puerco y sus secuaces puercas ya habían echao a base de acoso a una compañera por muslona y a un compañero por pestoso. Decía que era alérgico al desodorante, pero eso no era eximente suficiente pa oler mal. Fuera. Y tú, gorda, fuera. Era obvio que la siguiente víctima era yo, por tonta. Pero yo no me rendía, yo me lavaba mucho y no comía na. Mi error fue el chistecillo. Holasoymoerno puerco mierda decidió inventarse una terapia grupal de mierda porque había leído un libro revelador de mierda y nos pidió que por parejas nos miráramos, analizáramos los chacras que veíamos bloqueaos en nuestra compañera y que despúes saliésemos de una en una a decir cómo nos sentíamos en clase y expresáramos con el cuerpo nuestro malestar y soltáramos nuestros miedos e inseguridades, nuestros chacras atrofiaos. Una a una mis compañeras entraron al trapo y salieron a decir pamplinas, que si tengo el chacra del cuello mu mal, que si no sé quién me dijo que no lo hago bien, que si tengo un bloqueo en la pelvis, que si siento que no valgo, que si lo hago to mal, que si me siento inferior, lloro por aquí, lloro por acá, baile triste por aquí, baile triste por allá. Holasoymoerno puerco mierda con la voz baja y suavona como un gas decía: Muy bien, muy bien, abríos, llorar es bueno. Ante tanta diversión, yo solo quise cerrar el gag:

—No sé si via podé...

—Claro que sí, Pili, ábrete, sincérate con nosotras.

—Oquei.

Me fui a la esquina al fondo del aula, me desnudé y realicé un perfecto tombé padeburé glisá granyeté mientras gritaba: ¡Tengo loh shacra de puta madre! Una gran diagonal que atravesó el aula, dando tiempo a visualizar mi poco pecho subir y bajar y mi entrepierna abrirse y cerrarse por unos instantes. Tuve un pequeño traspiés de na, minúsculo. Yo estaba orgullosísima de mi gran salto, con lo que me cuestan a mí los saltos. Está feo que yo lo piense, pero lo pienso, estuvo guapísimo. Aunque nadie dijera ni mu. Una aprende que no puede depender de la reacción del público, que tiene que confiar en sus actos, en su performan, que si depende del aplauso muere. Cuando acabé mi secuencia, Holasoymoerno puerco mierda dijo:

—Pili, vete del aula ahora mismo. No tolero esta clase de comportamientos en mi clase.

Y eso lo desencadenó to, como el dominó ese que se ponen to las fichas pegaítas y entonces se le da un empujoncito a la primera y ya caen toas en un santiamén. Holasoymoerno puerco mierda gorda se chivó a las demás y juntas tramaron una nueva ola de acoso bailarinesco removiendo su café solo de máquina con la varita plástico. Debió de ser algo como:

—Queridas, no os lo vais a creer: Pili se ha desnudado en clase.

—¿Cómo?

—Que sí, que estábamos haciendo un ejercicio de terapia magnífico que aprendí en uno de mis retiros espirituales y Pili ha salido, se ha desnudado, ha gritado que tenía los chacras de puta madre ¡y ha hecho un tombé padeburé glisá granyeté!

—¿Un tombé padeburé glisá granyeté?

—Sí, sí.

—¡Pero qué escándalo!

—A esa hay que enseñarle que es un cero a la izquierda como todas las demás.

—Está claro, ¿quién diantres se ha creído que es esa pazguata engreída?

—Yo le pienso gritar.

—Yo, ignorar.

—Ah, pues yo un día la agarraré por el pescuezo.

No solo me agarró con sus zarpas con la mal disimulá intención de ahogarme, antes se cercioró de dejar bien clarito delante de to la clase que yo era una tonta de categoría:

—¡¡Pili, tú eres tonta, eres tonta, siempre que tengas la más mínima duda tienes que pensar que no tienes ni idea, que quien está a tu lado lo sabe mejor que tú porque tú eres tonta, Pili, eres tonta!!

Yo asentí y tragué. La bola fuego que se formó en mi tráquea fue empujá con saliva hacia mi estómago, ardería en mi intestino y estallaría en el retrete como una bomba nuclear.

17. Soté arabé

—¡Piliiii! Mujer, cuéntanos, ¿estás bien?

Me repaso los puntos de la frente con los deos. Estos puntos me los ha dao Pina. Me los ha puesto con amor, eso era amor.

—Pili, enga, que eh pa hoy.

Tanta mujer mirándome entre tanto vapor de agua es bastante místico. Se podría decir que hemos viajao del Lago de los Cisnes al Valle de las Sílfides. Tanto humo que podría ser niebla, tanto cable que podrían ser enredaderas, las sábanas como lagunas y ellas como auténticas sílfides. El balé de las mujeres muertas por amor. Dios mío, ¿eso es lo que me ha pasao? Pina, ¿me has matao?

—Le tenéis que dar una colleja, si no la tía no responde, está cada vez peor.

Manuela sin duda sería una de las cabecillas, que siempre hay dos o tres que destacan del grupo. ¿Y yo? ¿Quién sería? ¿La prota? ¿Yisel? ¿La nueva? ¿La que acaba de llegar y se niega a odiar a su asesino? Porque las sílfides matan a los hombres, pero ¿la mía? ¿Si es mujer se salva?

—Lavín, qué muhé, ehtá amamoná. Ehto lo arreglo yo en menoh que canta un gallo.

—¡AH!

Me ha dao un pellizco en el culo que no me esperaba. Amparo, la Amparo siempre igual, metiendo mano. Sin duda es la jefa del valle, Mirta. Ella habla y toas callan. A veces habla demasiao, eso también es verdad, chochea.

—¡Buenoh díah, Pili!

—¿Qué pasa, Amparo? ¿Ya me ehtá metiendo mano otra veh? ¿No viene el marío a verte o qué?

—Mi marío murió en un tiroteo, Pili.

—Ah, eh verdá, perdona, que lo había olvidao, lo siento.

—No pasa na, era mu pesao. Cuando lo mataron me cubrí la cara con un velo negro pa que se creyeran que me daba pena, pero en verdá ehtaba yo felí como una perdí.

—Ahhh, sí sí, y ahí te quedahte tú con to el negosio, ¿no?

—Aro, y lo llevé cien mil vece mehó que él, porque...

—¡No lo dudo!

Interrumpe Belinda. Bueno bueno bueno, Belinda es sin duda la que quiere ser Mirta, pero no llega. Siempre hay una bailarina en el banquillo esperando a que se lesione la principal. La segundona tiene que hacer roles segundones y le dejan hacer el principal en los ensayos, pero delante del público la mandan un paso atrás. Esa es Belinda. Ella plancha y plancha con esmero, pero nunca planchará con la soltura de Amparo. Amparo plancha y habla y ríe to a la vez y deja las prendas colocás en pilas con una facilidad aplastante. Belinda lo hace mu bien, pero tan tan bien que no da espacio a la sorpresa, es aburría, sí, eso es lo que es. Las dos son las jefas de esta sala de planchao que está al lao de la de lavao. Y las dos me aceptaron en esta sala y las dos me enseñaron, porque vaya tela lo mal que yo lo hice la primera vez que me tocó trabajar aquí, que quemé unas cuantas prendas involuntariamente, por supuesto. La cosa es que aunque las dos sean jefas, pa nosotras siempre estará por encima la Amparo, que chochea, pero si dice chitón, chitón.

—Perdona, Amparo, que te corte, pero estábamos preguntándole a la compañera, amamomá como tú dices, que cómo estaba. ¿Cómo estás, Pili?

—Bien, bien, ehtoy flama.

—Tan flama no ehtará tú, que tieneh la cara que pareseh un mollete de Antequera.

Vuelve Amparo a tomar el mando de la conversación, sin mirar siquiera a Belinda. Nadie la mira. Belinda, tranquila, algún día llegará tu momento. Si las leyes de la naturaleza siguen su curso, Amparo morirá antes que tú, y ahí podrás hacer tú to los movimientos en solitario y sin interrupción que quieras.

—¡Mollete! ¡Mollete, enga, que te quedas empaná!

—¿Hah dicho que parehco un mollete de Antequera?

—Hí, te falta la zurrapa.

—Pero sí la Pina ma dicho que ehtoy guapa.

—Anda ya, que te va a decir guapa. Déjate de tonterías con la Pina ya.

Manuela, Manuela, te estás ganando que nos enfademos en serio.

—Déhame tú a mí ya en pa, que ehtáh insoportable, Manuela.

—¿Yo?

—Enga enga, ya ehtá, ya ehtá, no mah líoh, porfavó.

Pura, miss buen rollo, la sílfide compasiva. La que consigue que las sílfides amargás no se maten entre ellas. La que quiere que el valle del odio se convierta en el valle de la amistad. Pura, tanta amistad, tanta amistad, la mamá que echa de menos a sus hijas pestosas. A veces me dan ganas de estrangularla. Y a la Irene, que está a su lao callaíta con la barriga a punto de reventar también. Si le pincho la panza con una aguja, ¿qué pasa?

—Pi-na y Pi-li se dan un besi-to en un arboli-to y tienen hiji-tos.

—Emyi, ¿en serio? ¿Ehte eh el nivé?

—Pi-na y Pi-li, Pi-li y Pi-na, se co-men el co-ño, son unas guarri-nas.

La pandilla se ríe. Se ríen fuerte. Y yo no puedo, no puedo, y me mata del coraje. Su risa en otros momentos me aliviaría, me haría sentir algo mejor, pero me está dando to el coraje y el coraje conecta con mis almorranas y sube hasta mi cara mollete y se pone del color de la zurrapa. Sí, sin duda, yo no soy la protagonista de ningún balé místico, yo soy una tostá poligonera.

—¡Pili, cuidado! ¡Que vas a quemar la sábana!

Belinda, tan atenta, quizás porque es una aburría y no se ríe tanto como las otras, ha visto cómo estaba apretando la plancha contra la tabla de planchar, ha contao diez segundos y le ha dao tiempo de llegar hasta mí, cogerme la mano y levantarme la plancha antes del accidente. Involuntario, por supuesto.

—¿De verdad que estás bien, Pili?

—Está pa untarla en mantequilla. Venga, Pili, no te pongah colorá, si te guhta la Pina te guhta y punto. Que no te dé vergüensa, que ehtá enamorá eh mu bonito.

¡Y otra vez que aprovecha la vieja pa cogerme el culo! ¡Y toas felices, riendo, poniendo caritas! Imitan a la doctora y me imitan a mí con vocecita de niña petarda. Yo me sumerjo en la tarea, paso de estas tontas. Belinda también, siento cómo suspira y vuelve a su mesa. Planchar planchar planchar. Luego comer luego al patio luego a limpiar luego a cenar luego a dormir. De to esto lo que menos odio es planchar. Planchar arriba y abajo, de lao a lao, con esmero en las esquinas, los dobladillos y las curvas, que no quede ni una arruga, ¡ni una! Porque es agradable recibir las sábanas limpitas, bien lisas y bien doblás, que por un ratillo nos creamos que esto es un hotel. Son detalles que se agradecen aquí dentro. Un poco de cuidao. Fuera de aquí nunca me hubiese fijao en estos detalles. Si cuelgah la ropa bien, no hase farta planshá. Eso decía mi madre. Ella solo planchaba las camisas de papá, los domingos. Mientras veía la telenovela de turno le planchaba siete camisas y se las dejaba preparás en el armario. Desde luego, mamá, tienes el cielo ganao. Podría haber hecho más cosas contigo. Es verdá que ahora, echando la vista atrás, te diría que planchabas regular y tampoco es que fueras una peazo cocinera, pero podría haber aprendío a hacer tu arrolito con conejo, ese estaba to bueno, y mira que yo no soy de comer. Mamá, que siempre apartabas el cerebro pa la abuela Milagros, que se lo tragaba de un sorbo la hijaputa quenpahdehcanse. Se acercaba la cuchara a la boca con su poquito párkinson y ¡fruuup!, paentro: Ehto eh bueno niña, ehto da intelihensia. Por su culpa siempre he creío que comer algo con aspecto cerebro me haría más inteligente. A las galletas en forma dinosaurio que se comía mi amigo Juan en el recreo yo siempre les arrancaba la cabeza y me las tragaba de golpe y sin masticar, con el dolorcito que eso conlleva. Joé, me he quemao. Me he quemao un poquito. Me podría quemar con ganas, sí, la mano entera, y que me llevaran con la Pina, sí, quemarme, quemarme yo, como la primera vez que la conocí. La primera vez que la conocí fue un día que me quedé metía en un torbellino de palabras y me quemé la mano, me llevaron directamente a la consulta y Pina me vendó la mano con un mimo que me dejó lacia perdía. Pina me preguntó:

—¿Cómo ha pasado?

—La plancha, que se quería ehcaqueá de tanto trabahá, ehtá harta, y la ihaputa ma quemao.

Y Pina se rio abriendo mucho la boca, tanto que daba miedo, como si se le fuera a partir la cara en dos. ¿Y por qué ahora siento que mi esófago se enreda cuando pienso en esos jajajás con la primera a mu larga? ¿Tan desesperá estoy? ¿Qué estará haciendo ahora? ¿Estará ensayando un nuevo jajaja pa encandilarme? ¿Será igual de agradable con el resto? ¿Las tocará así tan suave tan suave como me toca a mí?

Ahora que lo pienso, tiene un aire a Rocío. Aunque no recuerdo yo que la Rocío me gustara en plan mamoneo. Me lo pasaba bien con ella, eso sí. Era bailarina como yo, fracasaíta como yo. Pero ella era un saltamontes que se desplazaba por el suelo con la soltura de un mono por las ramas y yo era laxa laxa, arqueaba mucho la espalda y levantaba mucho las piernas. Nos complementábamos rollo yinyán, daba igual quién era yin y quién era yan, la cosa es que yinyán. Pero a ella le debió pasar algo, no sé, yo pasaba de dramas porque estaba ensayando ensayando ensayando y no escuchaba na. Yo na más bailar, no me busques pa más cosas, porque yo ensayar y bailar, porque yo tenía que ser la mejor. Y algo le pasó y yo nunca le pregunté el qué, pero ella lo dejó y creo que se fue a un pueblo perdío a plantar guisantes. Con lo yinyan que éramos nosotras. A veces me arrepiento de no haber hablao más con ella, de no haberle preguntao. Que hay cosas que bailando no hace falta decir, pero hay otras que solo se saben hablando con palabras de verdá. No he vuelto a tener una amiga como ella, a ella nunca le quería dar un galletaso, como a veces me pasa con la Manuela. Las dos fuimos alumnas del Cecea y las dos hicimos juntas el castin pa la producción «Poemas del ayer». Nos vistieron con unas mallas de cuerpo entero con estampao psicodélico jipi que nos hacían mu gordas y teníamos que bailar los poemas de los poetas que se usan en toas las producciones andaluzas con dinero de la Agencia. Recuerdo el día del estreno en una campaña escolar organizá también por mi querida Agencia. La Rocío y yo estábamos nerviosísimas. Nos teníamos que turnar el váter de lo que nos ardía el ojete. To agobiás por si en algún descuido la malla se nos manchaba de mierda. Nos mirábamos el culo la una a la otra y nos reíamos inquietas. Los diez primeros minutos la actuación fue bien. A partir del minuto once los niños gritaron: ¡Dedícate al parchí! Añadieron: ¡Ahquerosa! ¡Hueleh pehte! Luego: ¡Imbécil! Y finalmente: ¡Que se mueeeran! ¡Que se mueeeran! ¡Que se mueeeran! Mientras el equipo docente miraba el móvil. Porque la pantalla del puto móvil ilumina las caras como Dios en la mañana. Por eso pude ver sin problema al que tiró el primer chicle. Un niño con la cabeza afeitá como un balón de fútbol. De mayó evidentemente será prosseneta. Eso pensé, porque eso solía decir mi padre, con la equis mu marcá, como si porque llevara equis y la acentuara fuese una palabra más culta. Él sabía la profesión que iban a tener sus alumnos viendo su comportamiento entre los doce y los quince años. En su clase había prossenetas, prostitutas, ladrones, camellos, estafadores y toa clase de delincuentes en potencia. El profe de Matemáticas, la única asignatura que he suspendío en to mi vida. Y cuando lo hice lloré, se lo conté a mi madre y lloré como si me hubiesen amputao una pierna. Ella cogió las notas y las rompió. Las convirtió en confeti, las tiró al váter y me dijo: A tu padre vamoh a desirle que lah nota se tan caío y lah perdihte en el camino a casa, pero que yo he hablao con la profesora y sé que ha ío to ehtupendamente. Mi padre igualmente me zurró por perder las notas, porque me venía bien un buen galletazo pa espabilarme. Pero ya no tenía miedo, no me iba a sacar del conservatorio por haber suspendío. Gracias a mi mamá yo iba a seguir bailando. Mi vida sin bailar era incontemplable, ¿qué otra cosa iba a ser yo si no en la vida? ¿Qué otra cosa tendría sentío? No había otra opción, no había plan B, era ser bailarina o morir. Mucha intensidá, sí, eso define mi vida hasta hoy, demasiá intensidá. Pero no la he buscao, las paredes se me han ido acercando a lo Indiana Yon sin haber tomao setas. Aunque no sé si ese es el efecto que te dan las setas, nunca las he probao. La Manuela sí, la Manuela habla mu bien de los alucinógenos. Le gustan las pastillitas en general. Hay que probarlo todo una vez en la vida, suele decir. Yo le digo que no lo haga, que no es bueno, pero a ella le gustan estas experiencias psicotrópicas como a mí me gusta tocarme el ojete, así que me tengo que callar la boca. Las dos nos callamos, eso es convivir. Yo con mis métodos y ella con los suyos. Hay veces que se queda grogui y se adentra en un túnel mucho más profundo que el mío. Se toma cositas que le pasa Amparo, la tocaculo. Amparo es una señora guasona, cualquiera pensaría que es dueña de una pastelería humilde y coqueta y que vende tortas de aceite a la gente del barrio. Pero ella lo que hacía era traficar droga a niveles que se me escapan. Nunca me he drogao, no sé mu bien por qué. Quizá es lo que me hace falta, un cóctel de pastillas de to los colores o un pinchazo escorpión con baba caracol y su poquito matarratas. Si me pinchara Pina, me dejaría. Pina me podría pinchar lo que quisiese. De la Amparo no llego a fiarme, de la Amparo lo que me gustan son sus historias cuando no se repite demasiao. Ella narra batallas campales entre clanes familiares en polígonos industriales como si te contara la receta secreta de una tarta queso con estrella Michelón. Amparo manejaba la marihuana de to la costa tropical. Era del clan de los pepinos o los bananillos o algo así. Tenía bloques enteros de cultivo. La marihuana que fuman los estudiantes de Jarvar viene del salón de casa la Amparo. Pero se vino arriba y la pillaron. La Amparo quería hacer cine porno, pero metió a su sobrina que era menor de edad, y la pillaron. Ella dice que su sobrina quería, que ya era una cacho guarra de antes, que se grababa con la uehcan, que no estaban haciendo na malo, que aquello era arte y que si la niña quería por qué no iba a poder grabar una película con su tía y así ganar unos eurillos, que les hacía mucha falta. La peli se iba a llamar «La guarra de la Vega». Un peliculón, dice ella, me encantaría verlo.

—¡AH!

—Venga mollete, la hora del almuerzo.

—¿Ya?

Mierda, no me ha dao tiempo a quemarme, se me ha escapao la perfecta oportunidad de lesionarme de manera involuntaria, por supuesto. La próxima no fallo. Plancha en mano del tirón.

—Hí, venga, que te queah amamoná perdía, chiquilla.

—Venga, Pili, que hoy nos van a dar salmón fresco con eneldo y crema de puerros con sal del Himalaya y una copita de vino blanco dulzón y de postre un crepe con helado de vainilla y crujiente de caramelo.

La Manuela parece que se ha puesto ya un poco de buen rollo, a ver si le dura, capaz que le ha dao algo la Amparo mientras yo miraba el blanco de la tabla.

—Yo con un buen mollete me daba por satihfesha.

La cabrona de Amparo me pellizca el culo de nuevo y yo vuelvo a dar un respingo del susto, como los que me provocaba la Ceci Uñaroalitomugreentuculo.

—Un molletaso te vía da, Amparo, como me sigah vasilando.

Lenguaje de guerrilla es el que mantiene las relaciones a flote. Vamos toas en fila india, que eso gusta mucho por aquí, en orden y prudencia hasta el comedor bajo la mirá atenta de las desalmás. En orden sí, pero callar no callan, las amigas. A la que nunca he oído pronunciar palabra es a la más mayor de toas, a Jerónima, al fondo la sala siempre la Jerónima. La vieja es seca como ella sola, como mucho emite un sonido con la jota. A las dos nos une el ardor. Me encantaría hablar con ella del tema, pero cada vez que lo intento mira pa otro lao y dice: Jjjjj. Ella prendió fuego a un bosque por veinte mil pavos que le venían mu bien pa pagar lo que le quedaba de hipoteca. Me lo contó el doctor Dumont, claro. Yo entiendo a Jerónima, entiendo los dineros, entiendo el fuego. Somos almas gemelas y ella no lo sabe. Yo estoy contigo, Jerónima, porque a veces la materia tiene que arder pa que brote cosa nueva. Lo que no se puede reciclar, se entierra o se quema, como los muertos.

18. Etashelé meteshé

—Qué bien, macarrones con tomate. Otra vez.

Le comenta Manuela a Tortuga, que le devuelve una mueca torcía limpiándose la mano en el delantal de cuadros. Yo añado un yuju, pero no me gano un mísero gesto de la lentorra. ¿Y si hiciéramos una batalla comida como esas que hacen los chavales de instituto en las pelis? Siguiendo el guion, solo tendría que tirarle un pequeño macarrón a alguien en la nuca, esta se daría la vuelta enfadá, cogería un puñao con la mano y se los lanzaría a la cara a la persona equivocá, se esparcirían y la salsa llovería sobre las colindantes. Estas reaccionarían del mismo modo y de manera exponencial acabaríamos toas bañás en hidrato carbono y tomate frito.

—Pili, ¿qué haces?

Estiro la cuchara del yogur patrás, es mi minicatapulta. Con cuidaíto porque la cucharilla es de plástico y se parte con na. Libero la tensión acumulá y el macarrón vuela hasta la mesa vecina, colándose en el cuello de una que eligió el peinao equivocao, con la nuca a la intemperie. La cerda coge el macarrón con la mano y se lo mete en la boca. Manuela imita el graznío de un gorrino. Cojo la cucharilla de nuevo.

—Le vy a da en to la cara a la hilipollah esa.

—Pili, no te vaciles, que nos vas a meter en un lío.

La elegida es Ale de Aleandra. Sigue con mala cara. Deberían de darle un paracetamol o algo. Quizá un macarrón en la frente le siente bien. Dio, qué puntería he tenío esta vez. Ale de Aleandra cumple el guion a rajatabla. Agarra la pasta y alza el puño como un emperador romano en el Coliseo.

—¿Quién ha sido la hija de puta que me ha tirado la comida a la cara?

Mágicamente, otro macarrón vuela y vuelve a darle en la cara al César. La fiera estalla, tira macarrones sin punto fijo y en pocos segundos el comedor es la fiesta de Apolo. Gladiadoras emperadoras luchadoras leonas yeguas monas niñas viejas toas lanzándose macarrones y chillando bañás en tomate que parece sangre. A una le ha entrao en el ojo y llora. Otra lanza un plato al aire y ríe. Otras echan la mesa abajo pa protegerse. Otras se tiran del pelo. Otras se chupan entre ellas, van a cuatro patas, corren y saltan sobre sus contrincantes. Esto es mejor de lo que me podría haber imaginao, es una maravilla, es un auténtico festín griego romano o como se diga eso.

19. Cupé retiré

Castigo general. Como en el cole. Toas encerrás en la celda hasta mañana. Me parece bien, estoy reventá, una buena siesta es lo que necesito. Ya está. Parar la mente un rato, eso es lo que necesito. Parar la mente un rato. Dormir. Una buena siesta. Dormir como duerme la gente. Cerrar los ojos y dormir. Dormir dormir dormir. ¿Pero y si tengo una pesadilla? No me apetece una pesadilla. No tengo ganas. Eso lo he heredao de mi madre. Se despertaba con un grito agudo: ¡¡¡UuUuUuH!!! Y mi padre decía: Conchi, que se le escapaba el diminutivo en momentos de máxima tensión, y añadía: Mecagüendió, que se le escapaba la blasfemia con el susto, y cerraba con: Qué suhto coño, porque un coño siempre cierra bien una frase. Y mi madre mascullaba: Uy, perdón perdón, qué pesadilla mah horrorosa he tenío. Una vez me reconoció el peor de sus sueños, uno que se le repetía desde que era chica. Dos bolas enormes que se atraían, que se iban a chocá, pero ella sabía que eso nunca iba a pasar y que eso era el horror más grande que había sentío nunca. Un miedo de esos que no se pueden explicar con palabras, me decía ella con la manita en el esternón. Yo también tengo sueños raros que me dejan trastocá, puedo soñar semanas enteras que quiero abrir los ojos y no puedo o que quiero hacer un tandí y no puedo o que quiero salir de aquí y no puedo. Estas son pesadillas de las que angustian de verdá, de las que te cierran la garganta como una alérgica a las gambas cuando come gambas. Mi vida de ahora es una pesadilla de verdá. Lo del bebé con el plato de anoche era como una película fantástica, na que ver. Lo increíble del soñar es la percepción del tiempo, lo que parece una eternidad es una milésima segundo y al contrario. Ojalá pudiese controlarlo, alargar mis recuerdos favoritos, suspender en el aire un gesto, un guiño. Lucho por que así sea. Me esfuerzo por recordar, pero cada vez me cuesta más. Soy una miope de la memoria, expando los recuerdos, se difuminan, se mezclan y se pierden en la lejanía. Se supone que la mente de forma automática pa no provocar suicidios suprime la imagen de nosotras mismas en el pasao. Yo ya no sé qué cara tengo ni aunque me consiga ver reflejá en alguna parte. Yo soy un duende pargueli que nadie quiere ni de llavero. Una foto me serviría pa recordar cosas, pero no tengo ni una porque nadie ha venío a traerme na. ¿Cinco años es la cifra pa olvidar una cara? ¿Una mano? ¿Solo me hacen falta cinco años pa que mi madre sea una sensación y no una imagen? ¿Si viene mi madre a verme no la voy a reconocer? ¿Me reconocerá ella a mí? Se supone que soy parte de su ser, se supone que he heredao sus células y que esas son las que toman las decisiones por mí. Espero que alguna vez alguien entienda esto y nos exima de culpa a las culpables. Porque sí, yo hice lo que hice, mi cuerpo hizo lo que hizo, pero ¿qué es mi cuerpo sino una masa microorganismos que se reproducen a lo loco? ¿De veras soy cien por cien responsable de mis actos? ¿No hay ni un rayito perdón pa este cuerpo que por tantos años he entrenao y que sin embargo no controlo? No es justo. Na es justo. To es mierda mierda gorda. ¿En serio a nadie se le ha ocurrío na mejor que esconder a las personas que no encajan? Hola, estamos aquí, somos noventa por ciento agua y sentimos cosas como el resto. También nos gusta el olor de un bosque mojao, el agua del mar en los tobillos, hacer toples al sol, brindar con un vino, elegir el bote champú que mejor nos sienta, entrar en las catedrales de las ciudades que no conocemos, destaponarnos los pímpanos en un avión, hacer planes de domingo, pasear al perro por la noche, correr con la música a to volumen, quitarnos mocos en el coche, que nos hagan cosquillitas y nos dejen la piel picante y luego nos tengamos que rascar pa aliviar el picor, que nos hablen con cariño, que nos quieran. Sobre to que nos quieran. Aquí dentro se necesita saber que alguien te quiere. Que hay alguien que te quiere y que espera tu regreso rollo anuncio de Navidá. Solo se me ocurre mi madre. Aunque no ha venío a verme. Han pasao cinco años y no ha venío a verme. Si mi madre no me quiere, ¿quién me quiere? ¿Nadie? ¿Pina? Por lo menos me toca, me habla, me mira a los ojos. ¿Dónde estará Pina? ¿Seguirá de servicio? Tendrá que chequearme los puntos. Ya ha pasao mucho tiempo. Tendrá que ver si estoy bien. Se escucha una voz de ultratumba:

—¡Tengo hambreee!

Una le responde:

—¡Yo te puedo dar almeja!

Y otra añade:

—¡Yo, donete de chocolate!

—¡Callarse ya, que os meto en aislamiento! ¡Una semana!

Tajantes palabras. Una semana es una barbaridá. Nadie quiere eso. Yo tampoco. Yo quiero comerme unos donetes de chocolate como una niña a la que acaban de decir que No es Apta pa seguir bailando. Tengo hambre, lo reconozco, quiero pringue. Los estoy visualizando, me da asco y deseo a la vez. Un ansia total me invade. Los veo. Derretíos, pringándome los deos. Me veo comiéndome el paquete entero. Me chupo los deos uno a uno y remato lamiendo el plástico que los empaqueta. Siento que una fuerza sobrenatural entra en mí, un espíritu que me eleva, me desplaza, me arrima a la puerta, me pega el morro al metal y me hace cantar con voz grave:

—¡Yo quiero doneteee!

—¿Qué haces? ¿No la has oído? Que te van a meter en la habitación, Pili, joder, acuérdate de la última vez que saliste, que ni parecías humana. Y me van a meter a mí también por estar aquí contigo. Y yo no puedo estar una semana ahí metida. Me muero, Pili, ¿entiendes? Así que cállate ya.

—¡Doneeete! ¡Doneeete!

Manuela me tapa la boca. Tiene las manos fuertes, morenas, trabajás. No como las mías, blancas, débiles, pasás por agua. Me atrae hacia su pecho duro. Caemos al suelo. No me suelta. Su cabello oscuro como la noche cae sobre mi cara y me susurra:

—Cállate de una puta vez. Me niego a que me jodas la vida.

Es el espíritu de la niña No Apta. No soy yo. No soy yo la que le mete un codazo en el estómago y le dice:

—Eso eh lo que le dihihte a tu hiho, ¿no?

No soy yo la que se levanta y clama:

—¡Vamosss chicasss! ¡Todasss juntasss! ¡Doneeete! ¡Doneeete!

Se escuchan risas. Gracias, querido público. Como por abracadabra la puerta se abre y la Topo hace chas y aparece a mi lao:

—Reconozco esa voz a leguas. Siempre tan graciosilla. Ven conmigo, no iba en broma.

—¿No? Pero Topo, venga, ehfuérsate, al menoh dímelo mirándome a la cara.

Me golpea en la frente con la porra negra. Me recuerda a la polla favorita de Bartolo, con la que me daba en la frente y yo me reía. Sonrío. Manuela está callá contemplando la escena sin inmutarse. Topo vuelve a la carga. Esto parece una tarde cualquiera en el salón de casa mis padres.

—¿Te gusta o qué?

—Ay, Topo, eh que la porra esa se parese a la polla dun amigo.

—Maldita.

Otro churrazo en la cara. Los golpes de Bartolo eran más suaves. Con mi cara aún hinchá de por la mañana siento que una hostia más me dejará cao.

—La verdá eh que prefiero er nabo de mi amigo, mah blandito.

La tercera. POM. Hasta luego, Manuela, parece que te has librao. Creo te que oigo decir: Llévate a esta imbécil de aquí, no la aguanto más. No estoy segura. La sangre chorrea por mi cara y se ha metío como dos tampones en mis oídos y eso no ayuda. El golpe reverbera y menea la masa mierda que hay en este cráneo y creo que sí, que esta sensación es lo más cercano a una rave de esas a las que nunca fui porque yo tenía que cuidarme, porque yo tenía que hacer mu bien los tombé padeburé glisá granyeté.

20. Passsé

Daba por sentao que me iban a llevar con mi querida doctora, pero no, na de eso. Me han encerrao directamente en la habitación. Aislamiento total. Cemento y silencio. Dios el callaíto y yo. A veces siento que una paré va a decirme algo, pero no, no suelta prenda la joía. Pa emitir un sonido debería arder. Este sitio podría arder conmigo dentro, no estaría mal, sería un buen final. Cualquier cosa antes que estar aquí en silencio con este dolor de cabeza. Debo tener una brecha, seguro que me tienen que dar puntos otra vez, así que tendrá que venir Pina, ¿no? Pina, estoy aquí con la cabeza abierta to entera pa ti. Si te gustó lo del culo, esto te va a flipar. Pina, yo me quería cuidar, esto ha sío sin querer, la Topo carajota se ha puesto violenta y la Manuela malasangre no ha hecho na pa evitarlo. Manuela, ¿en serio has dicho que no me aguantas más? ¿Tanto te ha chirriao que quisiera unos donetes? Me duele. Me duele la cabeza.

Mucho. Así no puedo. No puedo pensar bien. Y me vendría bien ir pensando en cosas que hacer pa no darle rienda suelta a la palabritis. Porque aquí no está la Manuela pa darme collejas y sacarme del túnel, aquí solo tengo una cama y un váter. La cama es exactamente igual que to las camas del lugar, pero el váter parece de casita muñecas, es ridículo. Aquí el váter parece hasta bonito. Está demasiao limpio pa lo deprimente que es el entorno. Es el crucifijo de esta mi iglesia. Al que miro y hablo. Este váter me acompaña. Me velará en los sueños. Un sueño podría tener, eso quizás me alivia el dolor. Un buen sueño. Un sueño orgásmico como el que tuve con la mujer mitad caballo, el único que he tenío en mi vida. Yo estaba en mi cuarto de la infancia, ella se acercaba lento, con su cara llena pecas, babeaba, hundía sus patas de animal en la cama y meneaba la cola bruscamente pa arriba y pa abajo. Entonces su vientre se abría y aparecía una tremenda erección de pelo castaño que no dudó en penetrarme y que me entró enterita como si yo fuera el gorrito Meri Popin. Ahí justo, justito ahí, me desperté con un meneo uterino que jamás he vuelto a sentir. Este sueño me produjo muchas preguntas, pero como no encontré las respuestas pasé del tema. A mí el Freu ese me parece un panoli, qué mierda va a tener sentío na. Si tuviera aquí mi rotulador escribiría en la pared: Freu panoli. Una de las cosas que podría hacer pa no pensar es escribir una a una to las personas que considero realmente tontas, tontísimas. No que me caigan bien o mal, sean mejores o peores personas, no, simplemente que sean mu tontas. La primera de la lista sería yo. La más lerda palurda cebolla cabeza brótola. Necesitaría un par de semanas más por lo menos. Pa empezar, de mi familia, no se salva ni mi madre. Y de aquí dentro la única que se escapa es quizás la doctora, aunque con esa risa algo tonta debe ser. Sí, es tonta. De hecho, es huevona como ella sola porque no está aquí lamiéndome las heridas y se me van a infectar por su culpa. Doctora, ¿por qué no vienes a curarme? Cierro los ojos pa mejorar la ambientación. Me acaricio las costillas pecho cuello. Pienso en su mirá por encima de las gafas rectangulares que se le caen porque tiene una nariz demasiao chiquitita. Ella y yo paseando por el parque sin hablar. Ella y yo bebiendo vino sin pensar en las consecuencias. Ella y yo con las bragas llenas de arena en la playa. Ella y yo en un aeropuerto a las siete de la mañana quejándonos de lo caro que es el café. Ella y yo agarrás de la mano en la cola del supermercao. Ella y yo haciendo la cucharita buscando hueco pa meter el brazo. Ella y yo duchándonos hasta gastar el agua caliente. Ella y yo comiendo madalenas con mi madre. Vaya, ha venío mi madre con sus madalenas a interrumpir el encuentro. Parece que se llevan bien, sí, se ríen y to, se hacen bromas. Es normal, son las dos mu agradables. Ella y yo discutiendo. Ella y yo haciendo las paces. Ella y yo buscando algo que ver en la tele. Ella y yo bailando apretás, mu apretás, mu lento. No puede ser. ¿Ahora? Entran sin llamar y me apuntan con una luz endemoniá que me revienta las pupilas. Vienen dos. Los veo de lejos, el protocolo en esta habitación es pegarme a la paré del fondo cuando tengo visita. A veces solo miran desde la rendija. Ya les pongo cara. No me jodas.

—¿Y la dohtora Pina?

—Qué perdida estás. No te enteras de nada. ¿Estás alelada del golpe? La Pina se piraba hoy. Anda, acércate, que te vea.

—¿Cómo?

—Uy, Pili, vaya tela, tienes la frente echa un cristo.

A más me acerco, más veo que tiene injertos de pelo. Siempre lo lleva igual, mismo largo, mismo sentío. El vigilante mantiene la distancia justa y no tiene injertos. Este es de los que se peinan pa el lao tapando la odisea, a lo Robin Hu, cogen de los ricos y se lo dan a los pobres. Parece cansao, me podría dar penita y to. Es de esas personas que por mucho que lo intente, su piel se cae formando una mueca triste. Seguro que cuando folla emite una e de oveja cansá. Se va llamar a partir de ahora la Oveja Robin Hu, con esa cara se ha ganao un nombre compuesto. El doctor abre su maletita juguetes. Dumont, te vas a tener que explicar mejor. Arréglame el cristo y desembucha.

—¿Cómo que se piraba hoy? Si la he vihto ehta mañana. ¿La sentao ma er desayuno o qué?

—No, Pili, la doctora Pina solicitó el traslado a Madrid. Se divorció hace poco, ¿sabes?

—¿En serio?

—Sí, muy fuerte.

—¿Y se va daquí? ¿Por qué?

—Pues porque querrá alejarse del ex. Es normal, yo haría lo mismo. Hoy te habrá tratado a ti por casualidad, porque solo ha venido a recoger sus cosas. Qué maja es, ¿verdad? Le hemos hecho una fiesta de despedida y todo a la hora del almuerzo.

—¿Cómo?

—Bueno, fiesta fiesta, tampoco. Fiestecilla. Le hemos comprado una tarta. Demasiada nata para mi gusto. Era de estas tartas que son todo nata, ¿sabes?

—A mí la nata me sabe a mierda.

Se ríe un poco, pero su risa no vale na, su risa me sabe a mierda también.

—Dohtó, pero la dohtora Pina, entonse, ¿sa divorsiao?

—Sí, de repente, ¿sabes? Muy loco. Eran la típica pareja que daba asco, que tenían planes de tener hijos pronto y se habían hipotecado y todo eso. Pero mira, la tía coge y se separa. La vida, tú sabes. Una pena que se vaya, porque me cae bien, la echaré de menos. A ti te cae bien, ¿no?

—Sa divorsiao.

—Te lo acabo de decir. ¿Has perdido audición con el golpe?

—¿Sabeh por qué?

—¿La contusión?

—Lo der divorsio.

—Ni idea, es que es muy discreta Pina, y yo no soy de ir por ahí metiéndome en la vida de otras personas. Pero intuyo que se separó porque el tipo era aburrido como una ostra. Yo solo hablé con él una tarde y me quise morir. No sé, en estas cosas nunca se sabe, quizá es él el que la ha dejado a ella. No creo, pero vamos, nunca se sabe.

—¿No va volvé?

—No.

—¿Nunca?

—No tiene pinta, no nos dan traslados tan fácilmente. Además, la Pina es de Madrid, tiene a la familia allí, vino a Sevilla solo por él.

—Ah.

—Así que por ahora estoy yo. El lunes llegará la nueva, o el nuevo, no tengo ni idea. Espero que sea espabilada, que no venga de nuevas a una prisión. Que ahora ponerme a explicarle todos los protocolos a alguien me da pereza. Pero bueno, el lunes se verá.

—Ah. ¿Qué día eh hoy?

—Domingo.

—Ah.

Los días en los que el Señó descansa. Los días que mi madre me dejaba comer chucherías. Mi día favorito. Mi abuela Milagros, quenpahdehcanse, me daba cien pesetas por ir a misa los domingos y en cuanto salíamos de la parroquia yo iba directa al quiosquito de la Virtu a gastármelos. La Virtu solo tenía paletas, lo que me parecía una auténtica señal de calidad golosinal. Qué paciencia tenía la mujer. Antes de ser yonqui de la danza quise ser quiosquera. Tenía que haber escuchao el dictao de mi corazoncito de niña azucará. Cien pesetas, veinte duros, veinte chuches. Una de esta, una de esta y una de esta. Siempre una chuchería de cada, menos la de corazón mitad melocotón mitad fresa; de esa, dos. Una pa mí y la otra pa mamá. Decía que no le gustaba el dulce, que eso era lujuria, pero solo por no engordar, porque alguna vez le pillé paquetes de regaliz escondíos en la alacena o removiendo una copita anís. Siempre se daba los caprichos a escondías. Pecadora. Quizás así, a solas, algunas cosas saben mejor. Ahora mismo preferiría no estar sola, tengo a Dumont y a la Oveja Robin Hu, pero me siento bastante sola. Quizás es porque no tengo na rico que saborear. Podrían darme un caramelo como el Perro ginecólogo.

—¿Tieneh un caramelo?

—Pili, nou drags, plis.

—No, droga no. Un caramelo de naranha o lo que sea. ¿Tieneh?

—No, lo siento.

—¿Y tú?

Oveja Robin Hu niega con la cabeza.

—No te toques la herida, no es nada grave, pero no te toques. Cuando salgas de esta habitación va a parecer que te has hecho un lifting, ya verás.

—Ah, vale.

Se van. Me dejan sola con mi liftin. Un liftin, qué bien. ¿Me acaba de decir que necesito un rejuvenecimiento facial? Ya no me caes bien, doctor Dumont, te las das de guay y no eres nada guay, enhorabuena, doctor Dumont, eres imbécil y has pasao a encabezar el top lis de los imbéciles, te colocas en la lista de los rematadamente idiotas por encima de Freu, mi madre, mi padre, Manuela e incluso de Pina. Pina, ¿cómo has podío abandonarme de esta manera?

21. Anfá

Necesito un espejo. Quiero ver mi herida. Llevo cinco años sin un buen espejo. ¿Eso cómo va a ser sano? ¿Cómo voy a saber si existo si no me veo por ninguna parte? ¿Cómo sé que esto no es el infierno y que no soy un orco? Antes, con la de horas que pasaba mirándome en el espejo, no se me escapaba una sombra de mi propio cuerpo. Si fuera buena en matemáticas, podría hacer un cálculo de esos que estiman las horas que he pasao en la vida mirándome el pandero en el espejo y seguro que equivaldrían a las horas que podría haber invertío en estudiar Ingeniería de Caminos o una mierda de esas que nadie entiende. Por lo menos Biología, eso a mi padre le hubiese hecho mu feliz, aunque tengo entendío que to los biólogos acaban recogiendo mierda en el Lipasam. Podría haber sío una científica encerrá en un laboratorio mirando bichitos a través un microscopio y no ser una bailarina encerrá en una cárcel mirando un muro. Porque mi ego es devastador, mirarme en un espejo es inevitable. No hay escaparate que se escape de mi reflejo. Aquí no tengo ni una ventana a lo lejos, como en las torres en las que encerraban a las niñas en los cuentos. No hay na que mirar y yo quiero ver mi cara. Quiero mirarme el perineo sin esfuerzo y quiero verme con el uniforme que creo que me queda bastante bien. El color gris siempre me ha quedao bastante bien. Como la falda del colegio. Otro uniforme. To la vida de uniforme. A mi madre le gustaba esa falda tableá porque el estampao de cuadros camuflaba de maravilla las manchas del desayuno. No había mañana que no se me cayera encima. A veces me sigue pasando, que giro el vaso pa que vuelque el líquido antes de que me haya llegao a la boca y sucede el desastre. Por las mañanas, siempre tostá de aceite y azúcar del bollo blanco que traía el panadero a la puerta casa. Se llamaba Pedro, como mi ex Pedro nabo chotuno. Yo al panadero lo llamaba Peter Pan. A mi madre le hacía reír y a mí también. Un día que nos reímos mucho por algo graciosísimo que ya no recuerdo qué es pero que nos reímos muchísimo, Jacobo tiró la bolsa del pan de Peter Pan por la escalera y Peter Pan dejó de venir y Concepción dejó de reír y yo comencé a tomar cereales. Podía comer cereales hasta reventar. Porque de pequeña no controlaba el hambre, no como ahora. Ahora sé que si llega el hambre tengo que esperar, rechinar los dientes, tirarme del pelo, clavarme las uñas y esperar. Pero de niña el hambre era más grande que yo y de hambre pasaba a odio. Era to enfado. Eso me decía mi madre:

—Llegabah der colehio hesha una furia, no había manera que pegaseh bocao. Tenía que meterte en la habitasión y rodeá tu cama de armohada. Lo hasía porque si no tasíah daño. Te poníah como loca a da patá y puñetaso y tasíah daño. Con lah armohada te protehía. Y al rato te queabah dormía como un anhelito. Tu padre te pegaba un tironsito der deo gordo y comun poni güeno, te ibah solita a la cosina y te comíah er platontero. Loh garbanso te loh comíah de do en do. Eso sí, siempre con tu cusharita del osito. To te lo queríah comé con la cusharita del osito.

Mi mamá y los rituales. Siempre lo tenía to preparao, to a punto. El desayuno a las siete, la comida en la mesa a las tres, la cena en la mesa a las nueve, el jabón en la jabonera, el aceite en la aceitera, el arroz en el tarro del arroz, el café en el tarro del café, las toallas suaves en la estantería arriba a la derecha, las siete camisas de papá colgás en el armario y mi ropa de balé colgá en la silla. Eso me gusta hacerlo como ella. Dejar la ropa prepará en la silla por orden de vestimenta. Me quitaba la falda gris, la rebeca azul, la camisa blanca, la camiseta interior blanca, los calcetines azules, y me ponía las medias salmón y el mailló blanco. Mi otro uniforme, que tapaba con un vestido como Superman pa ir a las clases. Primero blanco tiranta ancha, luego blanco manga corta, luego rojo tinto como la sangre culera tira fina. Primero sin bragas, luego con braga ancha, luego con tanga. Primero con medias enteras, luego con medias cortás, luego con medias cortás por los tobillos y por encima del mailló. A veces me ahorraba el tanga. Me lo ponía por un falso pudor. Como si mi mucosidad no fuese mía. Como si me diese vergüenza cualquier atisbo chochal. También así había que lavar menos el mailló. Aunque nunca he sío yo de lubricar mucho, me sudaba el sobaco, eso sí, pero el sudor por algún motivo no me daba bochorno. El sudor era una señal: Mira mi sudó, mira mi ehfuerso. Ahora me encantaría decir: Mira mi shosho shorreando, mira mi calentura. Por entonces me daba reparo, pero pa el balé lo suyo es ir sin bragas, lo suyo es notar la ropa lo más pegá a la carne posible. Pa el contemporáneo tienes más juego, puedes llevar prendas que te ayuden a deslizar bien por el suelo. Pies descalzos, eso sí. Aunque hay gente que sabe bailar con calcetines sin resbalarse, que se puso de moda, eso no sé cómo se hace. El pie tiene que estar libre. Las manos libres. Y el resto del cuerpo escurridizo pa que puedas fundirte con el suelo, rodar sobre los hombros y desplazarte por la sala como si estuvieses untá en aceite. Aunque si bailas sobre linóleo está prohibío untarse crema hidratante de ningún tipo, a no ser que quieras que una compañera se resbale y se estampe, lleve o no calcetines. Tampoco el moño, necesitas sentir el cráneo en el suelo. Tu carne se tiene que reblandecer y tienes que pensar en estructura ósea, en peso, en inercia, en espiral, en rebote. Bailar con el pelo suelto da una carencia totalmente diferente que con el pelo recogío. Hay gente que se rapa y de repente se mueve de otra manera. Como si les hubiesen trasplantao una columna vertebral nueva, bien engrasá. No he visto yo a ninguna bailarina de balé rapá. Ni bailar un balé en chándal. Si acaso con lanas y tejidos que hacen sudar más, pero solo pa ensayar, pa la barra y ya está. El contacto debe ser lo más real y directo con el aire, que no haya arruga que engañe. Porque aunque la ropa ayuda a confundir a la vista, engañar al bailar no se puede, no se puede fingir algo a la hora de bailar. O estás o no estás. Se nota. Si te fijas bien, se nota. Y pa bailar hay que estar, hay que tomar conciencia de toas y cada una de las células que forman la estructura corporal. Eso es la presencia. Quizás esta explicación de la presencia es una mojona, pero así lo decía Marisol y a mí se me ha quedao grabao. Mi primera maestra nos daba clases de brillar. A mi madre le encantaba cuando brillaba. Me decía: Pili, tú brillah. Y yo me lo creía y me sentía importante detrás en la esquina del escenario. Me daba igual no tener el foco, ser la mano que asoma al fondo, porque esa mano mía brillaba. Marisol nos colocaba delante del espejo, en anfá, de frente, en primera posición de piernas con los brazos en esa primera relajá, en la línea del ombligo, con los deos corazones deseándose de lejos, creando un óvalo con los brazos, simétrico, en anfá. Y las veinte niñas nos concentrábamos en brillar, en ser purpurina, en romper las paredes y partir el cristal con nuestra luz en un perfecto anfá. Veinte niñas parpadeando con el peso en las yemas de los deos gordos de los pies, inclinás hacia delante llegando alguna a dar un pasito pa recomponer el equilibrio, abriendo y cerrando los ojos con tal fuerza y rapidez que provocaron un huracán en el trópico. Eso no lo olvidaré jamás. Yo ya no brillo, pero hay gente que sí. Yo las veo. Por culpa de Marisol yo veo gente brillar y veo gente sin brillo alguno. No puedo verlas a toas iguales, brillan o no. Porque el mantra, aunque lo evites, se te queda impregnao en la piel como un código barras en la lata refresco. Sea del tipo que sea. Tú brillas o tú eres tonta. Frases cortas, claras y concisas. Como las de los anuncios. Como las de los políticos. Como las de los libros motivacionales. Como las de los artistas. Mentirosos. Me cago en las citas célebres de los filósofos muertos. Me cago en los poetas. Al que quiera decir una frase ejemplar le coso la boca. ¿Cuántas personas habrá diciendo frases excepcionales? ¿Cuántas tonterías se cree la gente? Es que es de gilipollas. ¿Cuánta gente hay pegándose tiros por la frase de un hombre? ¿Cuántas pamplinas se pueden decir en la tele, en los mitin, en las canciones, en los libros, en las redes sociales, en el teatro, en los bares? Y a mí qué me importa. Ahora, aquí, qué coño me importa una frase mierda. Con la herida que me tira, me duele, joé. Yo no quiero un puto liftin. ¿Eso valdría como eslogan pa algo? Voy a hacer yo mi propia frase motivacional. Motiva tu vida, mata a alguien. Con esa seguro que no gano na de dinero. Se gana dinero con mentiras. Cómete un pastel, engorda. No. No me sale bien lo de la frase motivacional. Yo no soy de palabras. Yo soy de actuar. Yo soy de hacer. Y aquí no puedo hacer na. Solo tengo palabras y no me gustan. No quiero palabras, yo quiero gestos. Y no tengo espejo. No me tengo ni a mí misma. Quizá es este mi sitio ideal, sin vistas más allá de tres metros. No. No lo es. No quiero estar aquí. Yo debería estar libre, salvaje, bailando en un bosque en pelotas llena barro. Aunque de comer barro salen larvas en el culo. No, no quiero larvas en el culo. Me cago, joé, me cago y el váter de aquí es mu bajito, es pa mujeres pequeñas. Yo quiero un día cagar y que me cuelguen las piernas. Joé, me duele. ¿Cuánto hace que no cago? Tengo megacolon. Acumulo y acumulo y eso no me hace bien. Me está saliendo sangre seguro y no hay un bidé. Tengo un rollo papel y darse con papel es lo peor. Mejor me dejo el culo sucio. Así apesto cuando vengan a verme y que se jodan. Si no viene Pina, que se jodan. Que huelan mi mierda. Que se joda el mundo entero. Que se muera el mundo entero. Que arda la tierra. Que caiga un cacho sol y lo reviente to de una vez por toas.

22. Pordebrá

Eso es lo que yo quería, na más, un buen fuego como el de Jerónima. Ver una hoguera de papeles, mesas y marmotas. Quería que ardiese la Agencia por muchos motivos. Y lo puse en Feibu:

ALGUIEN SE VIENE A KEMAR LA AGENCIA?

Y tuve muchísimos me gusta y un montón de emoticonos de me hace risa. Más que en cualquier publicación de mi cara daleá y filtrá. Toas las respuestas fueron del tipo: Sí, yo llevo la gasolina. ¿Cuándo quedamos? QUE ARDA TROYA. Yo mejor iba con una metralleta, no vaya ser que se escape alguno. He visto tutoriales de bombas caseras con mi hijo, cuenta conmigo. Ya estamos tardando. ¿Llevo cubatas? PUTO PLANAZO. ¿Aprovechamos y quemamos Andalucía entera?

Yo les respondí:

MAÑANA A LAS 10 DE LA MAÑANA EN LA PUERTA M DEL ESTADIO. VENIRSE DISFRAZAOS, YO IRÉ DE LIMPIAORA.

Y sus respuestas fueron más emoticonos de risa, incluso gifs de gente aplaudiendo. Nadie vino a la cita. Nadie se lo tomó en serio. Nadie tuvo las agallas. Ahora el único sentimiento que me queda es el de la traición. Alta traición. Puedo entender que no viniesen a la cita, pero no entiendo el modo en que se llenaron la boca pa condenar lo que fue la performan de mi vida. Todavía me duele como una raja en el pulmón. Me siento traicioná por lo que creí que era mi gremio. Ahora sé que no soy parte de na. Patético. Qué buena palabra, patético. ¿Cómo que presentan sus más sinceras condolencias a una institución que les ha hecho la vida imposible? Patético. ¿Cómo son capaces de sentir pena o compasión por un trozo edificio roído por el escorbuto? Escorbuto también es buena, es una enfermedad pasá de moda pero que está ahí, al acecho. Ojalá les entre el escorbuto a to esas personas que han perdío horas de su vida criticando la institución pública, que han pasao noches sin dormir, que han perdío pelo, que han perdío las ganas de bailar y ahora me señalan a mí como una psicópata, como una sádica, ¿en serio? ¿No sois vosotros los dementes, que seguís soportando to esta farsa? Patético. Es una mierda vivir en el mundo rodeá de gente que sufre, pero es una mierda más gorda cuando te enteras de que la mayoría de esas personas solo está fingiendo. Que esas conversaciones exaltás, que esos comunicaos acusatorios son pura fachada. Charla barata de cultureta ecologista feminista anticapitalista con zapatillas Nai. Que no son más que un modo de llamar la atención pa entretener sus velás al salir del teatro mientras se toman unas servesitas. Patético. Cuando arda la tierra, ellos arderán despacio. Verán cómo el mundo se desvanece a sus pies de marca mientras ellos mueren lentamente y con escorbuto. Por su culpa mi acto, mi gran obra, no ha servío de na, no ha servío de absolutamente na. He salío en prensa y en televisión, sé que internacionalmente también. Eso me hizo ilusión, que se anunciara en los medios, mi cara por toas partes. Pero solo decían cosas terribles de mí. Terrorista vale, me entra, pero ¿psicópata?, ¿demente?, ¿loca? No hablaban de lo realmente importante. No analizaban el porqué, por qué hice lo que hice. Solo juzgaban, solo acusaban. Y yo lo hice por el arte, la justicia, la vida. Lo hice por la propia institución. Lo hice por Andalucía. Era un acto de odio, pero era también un acto de amor. La cosa es que no fue como yo quise, no, desde luego que no, Pili, ¿qué pensabas? Ereh la Panoli Cuin. Te lo han dicho mil veces, eres tonta y tienen razón. Loca no, simplemente tonta. Por un momento creíste que iría bien, porque por un momento fue fácil. Al principio fue asquerosamente fácil.

23. Chasé

Aparqué mi bici y entré en la Agencia como si lo hiciera to los días. No dudé. Comencé a sentir un golpeteo en el pecho, suave, sordo por fuera, ruidoso por dentro, pero no dudé, cojeé un poco, pero no dudé. La recepcionista estaba mirando el móvil, no me saludó y no se percató de que me metí en el ascensor con dos garrafas de cinco litros. Subí a la cuarta planta. Me paseé entre las mesas. Na, ni una miraíta, ni un ojo en mi dirección. Soy un fantasma. Los fantasmas hacen lo que quieren. Ay, aquí comenzaba lo difícil. Aquí el corazón bombeaba con potencia, el bit resonaba en mis oídos. Era bueno, necesitaba tener la cabeza bien oxigená, tenía que concentrarme, abrir discretamente uno de los bidones e ir dejando un reguero gasolina por el camino hasta llegar de nuevo al ascensor discretamente, haciendo como que barro. Chequeo a un lao, al otro. Los funcionarios marmotas están sumergíos en la pantalla del ordenador, haciendo como que trabajan, realmente disimulan bien. Cualquiera de estos podría ser el Antuán lefa poría. Hay uno comiendo nueces. Lo sabía, sabía que comían nueseh tolrato, pensé. Conséntrate, Pili, conséntrate. Van a morí, qué mah da lo que coman. Me tiembla el pulso como a mi abuela Milagros, quenpahdehcanse. Abro el tapón y vuelco el bidón. Aquí la lie un poco, no calculé bien, vertí un pelín más de la cuenta y solté un ¡mierda! Pero volví a mirar, a un lao y al otro, como antes de cruzar la carretera, y vi luz verde, así que seguí. Me concentré en la respiración, en seguir llevando oxígeno al cerebro, y conseguí dibujar una línea hasta el ascensor. Ahí no había nadie, el rellano estaba vacío, tenía que ser rápida. Me alejé y me fui por la salida emergencias. En cuanto cerré las puertas detrás de mí, saqué las bridas y las tijeras de Bartolo, las buenas. Las tijeras las había pillao por si me encerraba en algún sitio sin querer, tener algo afilao a mano siempre viene bien. Si es que lo tenía to mu bien pensao. Sabía que en la escalera no me iba a encontrar a nadie. To el mundo coge el ascensor, nadie sube cuatro plantas andando. Tres quizás, cuatro jamás. Una pequeña alegría se apoderó de mí. Puse la brida, que es lo mejor, me lo dijo la de la ferretería: Lah bridah no fallan, son lo mehó. Comprobé que la puerta quedaba bloqueá, eché un poco más de gasolina por si las moscas y bajé cojeando a buen ritmo a la siguiente planta. La euforia es poderosa. Una vez empezá la tarea, el resto plantas fueron sencillas. Planta por planta repetí el protocolo sin recibir ni un gesto, sin que nadie sospechase lo más mínimo. Yo estaba limpiando y a las marmotas la limpieza se la sopla. Yo tenía el poder de la invisibilidad. Cuando llegué a la planta baja, volqué lo que quedaba en un ascensor, dejé que cayeran las últimas gotitas hasta la mesa con la recepcionista, tiré unas cerillas a to prisa y me alejé con más prisa aún. Me alejé hasta llegar a la explaná de cemento con cuadros de césped que rodea al estadio. Y de la felicidá, del subidón, de la adrenalina, bailé. Bailé y grité y me revolqué por el suelo. Una danza macabra infantil. Lo he hecho, pensaba. Lo he hecho. Lo he hecho y nadie se ha dao cuenta, nadie se ha dao ni puta cuenta. Lo he hecho y me ha encantao. Estoy bien. Estoy feliz. Saltaba y gritaba y no sentía molestia en la rodilla, no pensaba en el dinero, no pensaba en el futuro, no pensaba en na y cantaba como una niña: Loecho yo solita loecho yo solita loecho yo solita. Esto también es patético. Patético con mayúsculas. No pasó na en un buen rato. Cuando me relajé un poco, cuando la alegría reposó, miré al edificio. Na. No pasa na. Qué raro, pensaba. ¿Por qué no pasa na? Ahora mismo tendría que estar oyendo gritos, explosiones, alarmas. Tendría que haber personas corriendo de un lao a otro. Marmotas asomándose por las ventanas calculando si saltar o no. Marmotas estrellándose contra el cemento, añadiendo a la sinfonía el crujío de sus huesos. Tendría que estar la piedra roja tornándose en negra. Tendría que haber una nube de humo que no me dejara respirar. ¿Por qué no pasa na? ¿Dónde están las ambulancias, los camiones de bomberos, las furgonas policiales, los móviles grabando, la prensa comentando? Esto tenía que ser el 11S de Sevilla. Esto tenía que asustar al Estao, a la gente, como el 11M. Este iba a ser el nuevo jit terrorista. ¿Por qué no está

181

pasando na? Entro a paso ligero y decidío, lo que me permite la rodilla. Me acerco a la recepcionista:

—Oye, tú, mírame. ¿No ha pasao na raro?

—¿Cómo?

—Que si no ehtá pasando na aquí ahora mihmo.

—No. ¿Se puede sabé quién ereh?

—No.

La tipa me examina con descaro. Escucho de fondo a dos que charlan.

—Oye, huele raro, ¿no?

Pues claro que huele raro, coño, hay gasolina por to el edificio. ¿Por qué cojones no arde? Aquí me invadió algo como cuando regresaba del colegio. Pero no estaba mi padre pa zurrarme ni mi madre con un cojín boxeo. Aquí estaba yo solita con mi ira. Saqué de nuevo las cerillas y traté de encenderlas, pero no prendían o se me partían. Las marmotas simplemente observaban, pensaban: Esta tía es tonta. Y sí, tenían razón. Cogí las tijeras y las alcé como si fuera una kalahnikó:

—¡Calguien me dé un puto mechero!

Entonces se acercó a mí un señó segurata. Se acercó y puso su mano blanda en mi hombro afilao.

—Porfavó, salga ahora mihmo del edifisio.

Lo intenté. Intenté clavarle la tijera en el estómago, pero el uniforme era de los buenos y la puta tijera de Bartolo, pues no tanto. Maldita tijera. Maldito Bartolo. Me fui de allí corriendo, sin mi bici, corriendo hasta casa. Sin parar. Con el dolor en la puta rodilla y con la puta tijera de Bartolo. Llegué al piso destrozá. Había corrío como un coyote cojo y había apretao las tijeras con tanta intensidad que me había reventao la palma la mano. La que sangra siempre al final soy yo. Bartolo me observa:

—¿Qué haceh con mih tihera?

—Tuh tiherah de mierda, querráh desí.

—¿Tú ereh mongola o qué te pasa?

—Hí, soy mongola y me cago en tuh putah tiherah y me cago en tuh putah plantah de loh cohone.

Acto seguío tiré to las plantas, toas toas, no dejé ni un helecho en su sitio. Las pollas también cayeron. En cuestión de segundos se formó una bonita instalación contemporánea de tierra, tallos verdes y dildos de colores. Bartolo, el actor principal, hizo una suave coreografía de mandíbula y ojos con manos flamencas. Yo hice mutis por el foro, me encerré en la habitación y del cansancio más absoluto me quedé dormía. Como una terrorista de pacotilla que no sabe encender un fuego. Que no sabe encender una puta cerilla. Eso es de primero de terrorista. Fue la policía la que me despertó del más profundo sueño, podrían haber tenío un poco más de tacto. Haberme despertao con algo de suavidad, al menos tirándome del deo gordo del pie como mi padre en sus días buenos, no entre gritos. Que te despierten malamente de un sueño profundo no es justo, de ahí no se remonta ya de ninguna manera. Los agentes de policía me ataron las manos antes de que me diera tiempo a dar los buenos días. Llegaron vestíos con protección y armas por toas partes, como si tuviese yo explosivos escondíos detrás de las puertas. Ridículo. Yo solo tenía unas tijeras de mierda. Fue Bartolo el que los llamó y por cámaras de vídeo me detectaron, ataron cabos y dijeron: Ehta no eh limpiaora en verdá, ehta eh una loca como lah quentran en loh colehio de Ehtadoh Unidoh pegando tiroh.

24. Fueté

Parece ser que la cosa al final ardió. Ardió y yo fui una pringá que me lo perdí. Yo solo pude verlo en vídeos y fotos y no en primer plano, como me hubiese gustao. Parece ser que cuando me alejé corriendo de allí una limpiaora, una limpiaora de verdad, una limpiaora a la que yo tampoco vi, se encendió un cigarrillo a escondías en la escalera, se le cayó el cigarrillo y adiós. Estaba encerrá en la escalera con las putas bridas, que son mu buenas las bridas, y adiós. Adiós, Madalena. ¿Por qué tuviste que llamarte así? ¿En qué pensaban tus padres? Madalena, tú no eras mi objetivo. Madalena, fuiste un error. Madalena, fuiste a limpiar la mierda de los demás y acabaste en la hoguera. Fui yo Madalena, fui yo. El incendio causó daños de no sé cuántos millones y pretendían que yo pagara to eso. Qué ilusos. Por no haberme dao la ayudita de los cojones al final les salí cara. Por mil euros con los que ellos se limpian el culo seguirían ellos royendo nueces en sus sillas giratorias y, Madalena, tú podrías estar fumando en la escalera tan pancha. La policía me dijo cosas que no entendí, me metieron en un coche sin vistas y luego en una habitación sin vistas. Interrogatorios, fotografías, prisión preventiva, juicio y condena eterna en este otro lugar sin vistas. De to aquello apenas me acuerdo. Mi madre llorando, to esa gente llorando, to esa gente hablando detrás de un micrófono diciendo cosas horribles sobre mí. Ahí dejé de brillar. La abogá me dijo que me callara y que pusiera la mirá perdía, de retrasá, y así me he quedao. Y vuelvo atrás y me pregunto qué hubiese pasao si hubiese dicho eso que nunca he dicho. Eso que nunca se ha dicho en mi casa. Esas palabras que no me salen de modo natural igual que no me sale la risa pero que ahora aquí a solas puedo practicarlo porque nadie me oye, nadie me ve y no tengo na que perder. ¿Qué más me va a pasar? Lo susurro por si acaso: Perdón. Ha sonao forzao. Lo digo en voz alta: Perdón. Lo grito: ¡Perdón perdón perdón! Gritando tengo que conectar con mi verdadero yo, tiene que liberarme. ¡Lo siento! ¿Vale? ¡Lo siento! Esto tiene que hacerme sentir mejor. Reír también. Quiero reír. Grito ja de muchas maneras. Hago rebotes con el estómago, con el esternón. Pruebo con to las vocales. La u debería funcionar. Reírse con la u siempre es divertío. Ju ju ju. No, no funciona. Sigo gritando, y a más grito, más se me arruga la cara, más se hunde el tabique. Nadie me escucha, nadie viene a preguntar qué está pasando y yo sigo gritando: ¡Jiiiii jiiiii jiiiii! Las mejillas se elevan, las sienes se cruzan y los líquidos de mi cara empiezan a brotar. Lloro desbocá. No he llorao desde que me fui de casa, ahí juré no volver a llorar nunca más. Río, lloro y pido perdón a ese Dios que me vigila entre los ladrillos y el cemento. Bueno, pues hoy parece el día de hacer to lo que nunca he hecho. Podrían aparecer mis padres. Mi mamá vestía rosa y mi papá vestío verde. Hoy me está saliendo bien la escena, la escena del reencuentro. No puedo parar de llorar. Me duele to. Faltan mis padres con un paquete madalenas. Me está saliendo bien la escena, por primera vez me sale. Solo me falta la madalena. Mamá, ¿por qué no has venío a verme? Pina, ¿por qué no has venío a curarme? Por favor, mamá, ven, ven aquí, trae un paquete de madalenas de esas que tú haces que son del tamaño de un puño, métemela en la boca y asfíxiame de azúcar.

25. Cambré

No siento que me hayan hecho ningún liftin. No he hecho absolutamente na y me siento terriblemente cansá, débil, como un canguro recién parío sin bolsa ventral esperando a ser devorao por un caimán. He permanecío como una bola recostá sobre el lao derecho, a veces el izquierdo, durante siete largos días. Podrían haber sío menos si no hubiese mordío al doctor Dumont, si no hubiese escupío a la Oveja Robin Hu. Pero ¿cómo iba yo a controlar eso? ¿Qué esperaban de mí encerrá en esa jaula piedra? ¿Dar las gracias? Me duelen las lumbares, me duelen los ojos, me duele el ano como si tuviera un nido abejas metío. La punzá recorre to mi médula ósea y martillea mi bulbo raquídeo creando el sonido de un claxon que no calla en mi pímpano derecho. Como el bicho cabrón que hace piiiiii que no se calla, sabía que algún día llegaría. Odio que no sea simétrico, no ayuda una mierda. El sistema de castigo no mejora mi persona, está más que comprobao. Me han despertao pa ir al desayuno, me han dicho: María del Pilar, ya puedes salir. Como un privilegio. Como si me acabara de tocar el cupón. Pero ya no añoro na de esto, no añoro na de na. La comida vuelve a ser algo que no aprecio. Mastico y trago como si lo hiciera una trituradora basura, sin llamar la atención, apestando como la cosa más normal del mundo. Amparo, Belinda, Pura, Malika y Emyi vienen a darme un abrazo, a preguntarme cómo estoy. Yo respondo con sonrisa marioneta: Bien. Antes decía algo en plan: Oh lo habéih perdío, ha sío la bomba, he salío porque me han obligao que si no me quedaba otra semanita felí. Y conseguía alguna risa, pero esas frases ya no salen, esas palabras ya no se unen. ¿Dónde está la bruja matabebés? ¿Sigue enfadá conmigo por lo de los donetes? Me cuentan que la Irene ha parío, que ha sío mu emocionante, que está mu bien y que ha tenío una niña y que la ha llamao Cristina por su madre, que se llama Cristina también, que a ver si me dejan verla, que es mu gordita mu graciosa. Hablan y hablan sin que les importe una mierda mi falta de reacción, ellas parlotean y cacarean y a mí me resbala la niña esa de los cojones, yo echo en falta a la enfadona de Manuela, que no está aquí metiéndose conmigo.

—¿Y Manuela?

Se quedan callás.

—¿Dónde está Manuela?

Amparo, Pura, Malika y Emyi clavan la vista en el plato. Es Belinda, Belinda la segundona, la única que consigue mirarme a la cara y emitir sonido:

—¿No te han dicho nada?

—¿De qué?

—Pili, Manuela ya no está aquí.

—¿Cómo? ¿Lan sacao? Pero si le quedaban una pila de añoh que cumplí, si...

—Pili, no, no la han sacado. Manuela se mató de una sobredosis.

Me tienen que agarrar. No tengo fuerzas pa esto. Me han abierto en canal como Caperucita al lobo y me han llenao el pecho piedras. Me tienen que arrastrar por los pasillos. Mis talones van levantando baldosas a su paso. Me llevan a mi celda mi casa mi habita mi keli mi cueva mi campo de batalla. Me levantan con una grúa y me dejan tendía en la cama. La cama se ha partío y estoy hundía entre muelles y astillas que se me clavan. No sé qué hora es, no sé qué día es. Aquí estoy, sola en este zulo que ya nunca más compartiré con la imbécil de Manuela. Te odio, Manuela, te odio te odio te odio. ¿Me oyes? ¿Ahora qué hago yo? Dame una señal, Manuela, por favor, dame una señal. ¿Ha sío fácil? ¿Estás mejor?

—Hola.

Es Topo la que se acerca:

—Toma, que ya te venía haciendo falta uno nuevo.

Lo dice como de buen rollo.

—¡No te lo metas por donde no debes, ¿eh?!

Suelta una risita.

—¿Sabes que la encontré yo? Fue la misma noche que te encerré en la habitación. Tu amiguita no aguantó ni una noche sin ti.

Carraspea.

—Pero qué irónica tu amiga, ¿no? ¿Sabes lo que dijo cuando te llevé aquella tarde? ¿No? Dijo: Llévate a esta imbécil, que no la aguanto más. Eso dijo.

Abro los ojos. Me levanto despacio. Me acerco a ella. Extiendo la mano. Me da el cepillo.

—Tago una apuehta.

—¿Cómo?

—Una apuehta. Si haseh lo que digo, ganah.

—No empieces.

—Si consigueh mirarme a losoho, te deho tranquila pa siempre. Enga, inténtalo.

—No vayas por ahí.

—Venga, sé que puedeh, mírame.

Mis deos se enroscan con fuerza en torno al cepillo.

—¿Qué pasa? ¿Quieres volver al aislamiento? ¿Eso quieres?

Menuda floja, solo sabe gritar. Debería haberlo intentao, así lo habría visto venir, habría podío quizás protegerse y no acabar con un cepillo dientes hincao en un ojo, el bueno, creo. Grita, grita mucho, qué insoportable, así no tardarán en llegar las demás. Tengo que ser rápida. La empujo. Cae al suelo. Le quito la porra y le golpeo la cabeza una y otra vez y una y otra y una y otra vez. Le quito la mierda que da calambres y se lo enchufo un rato al cuello pa por si acaso. Así creo que nunca más volverá a gritar, mejor. La sangre chorrea por el suelo desde el que creo que era su ojo bueno. Mojo las manos en ella. Es viscosa, caliente. Mira, Manuela, ¿lo ves? Parece un chocolatito. Me embadurno en la crema.

Cara pelo cuello. El charco se agranda. Oigo pasos a lo lejos. Salgo. Corro por el pasillo. Llego al comedor. Me coloco entre las sillas. Perfecto. Escucho gritos de fondo. Estoy en medio la sala. Mi público se apelotona a una distancia prudente. Me miran. Eso, mu bien, miradme. Y callan. Eso, mu bien, callad. Así, bañá en sangre, el ritual es total, digno de un gran teatro de esos con palcos y lámpara de araña equis equis ele, de esos que venden entradas desde las que no se ve siquiera el escenario. Sí, esto está siendo una gran performan. Esta sacralidad, cuánto la echaba en falta. Se expanden los deos de mis pies, los metatarsos presionan el suelo, dan vida a mis tobillos, accionan mis rodillas, mi pelvis, mi columna. Es un baile lento, mu lento, que abre mi pecho en un cambré suave, un cambré que hace crujir mi esternón, un cambré placentero que relaja mis cervicales hacia atrás y cierra mis párpados. Doctora, te lo dedico, este baile va por ti. Con los brazos hacia delante, sin mirar, camino, choco con sillas y sigo caminando, choco con mesas, otras sillas y sigo caminando. Sin abrir los ojos, con una ejecución suave, precisa, consciente de toas y cada una de mis células, brillando, como a ti te gusta, mamá.

—¡María del Pilar! ¡Quieta!

No dejo de bailar, no puedo.

—¡Quieta o disparamos!

No puedo parar, no me he sentío igual de bien en años.

Agradecimientos

Escribiría en el cielo con un avión que no contaminase, I love u Brenda Navarro, eres la mejor, gracias por ayudarme en todo y un :). Gracias a Sara Fernández Polo por ir a jierro y ayudarme a elegir cada una de las palabras de Pili. A Paula y Andrea de Indent Literary Agency por confiar en mí. A Sol por haber creado esta editorial que me parece la bomba y querer incluir esta historia en ella. A María, Carolina, Sabina y Raquel por leerme y decirme cosas en momentos clave. A Darío por lo que le tocó. A mi hermana, min mamma y mi padre por el amor que me dais todo el rato. A Alberto, Rosa y Rebeca por compartir cueva y novelas. A Laura por compartir bailes y mierdas. A Donna por esta bella portada. A mis ancestros a mis abuelos a mis abuelas a mis colegas a las bailarinas al váter al sofá al ordenador a mis dedos y me planteo si darle las gracias también a la AAIICC por sacar unas ayudas a la creación extraordinaria en plena pandemia.

OTROS TÍTULOS PUBLICADOS

De nuevo centauro
Katixa Agirre

Mis malos pensamientos
Nina Bouraoui

Basura
Sylvia Aguilar Zéleny

Otra
Natalia Carrero

Marranadas
Marie Darrieussecq

Yo, mentira
Silvia Hidalgo

Las madres no
Katixa Agirre

T R Á N
S I T O

Editorial Tránsito es respetuosa con el medio ambiente: este libro
ha sido impreso en un papel ahuesado procedente de bosques
gestionados de forma responsable.